KB134506

템페스트

The Tempest

미래와사람 시카고플랜 003

템페스트

The Tempest

• • •

윌리엄 셰익스피어

신예용 옮김

/

차례

/

The Tempest

템 페 스 트 인 물 관 계 도

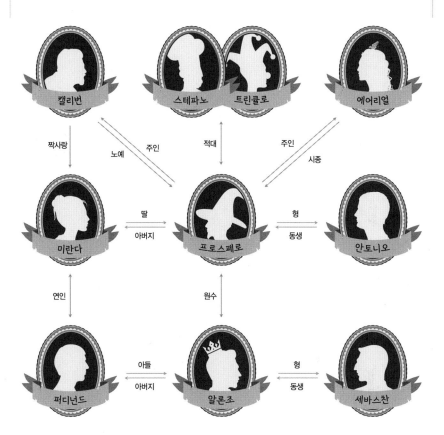

캘리번

스테파노　트린큘로

에어리얼

짝사랑　　노예　주인

적대

주인 시종

미란다　　딸·아버지　프로스페로　　형·동생　안토니오

연인

원수

퍼디넌드　　아들·아버지　알론조　　형·동생　세바스찬

기타 등장인물

곤잘로
(정직한 노 신하. 무인도에 난파당한 프로스페로와 미란다를 도와줌)

아드리안, 프란체스코
(안토니오와 알론조를 모시는 귀족)

선장, 갑판장, 선원들, 가면극 요정들, 아이리스,
세레스, 주노, 님프들, 추수꾼들, 그 밖의 요정들

/

제1막

/

1장

/

바다 위 배 한 척

요란하게 천둥 번개 치는 소리가 들린다.
(선장과 갑판장 등장)

선장 　갑판장!

갑판장 　여기 있습니다, 선장님. 부르셨습니까?

선장 　그래. 선원들에게 알리게. 배가 뒤집히게
　　　생겼으니 빨리빨리 움직이라고. 서둘러야 해.

(퇴장)
(선원들 등장)

갑판장 　이봐, 자네들. 힘내, 힘내라고! 빨리 좀 움직여!
　　　꼭대기 돛을 내려! 선장님 호각 소리 잘 듣고!
　　　바람아, 어디 지칠 때까지 실컷 불어보려무나.
　　　갈 데까지 가보자고.

(알론조, 세바스찬, 안토니오, 퍼디넌드, 곤잘로 및
다른 사람들 등장)

알론조 그래, 갑판장. 조심하게. 선장은 어디 있나?
굳게 맞서야 하네.

갑판장 부탁이니 내려가 계십시오.

안토니오 선장 어디 있나, 갑판장?

갑판장 선장님 목소리 안 들리십니까? 저희 일에 방해가
됩니다. 선실로 돌아가 주세요. 자꾸 이러시면
폭풍이 더 거세질 뿐입니다.

곤잘로 이보게, 진정하게.

갑판장 파도가 잠잠해져야 말이죠. 물러가세요!
성난 파도는 왕이고 뭐고 신경도 안 씁니다.
선실로 돌아가세요. 가만히 계시고요.
저흴 괴롭히지 마세요.

곤잘로 알겠네. 하지만 누굴 태우고 있는지 명심하게나.

갑판장 제겐 저보다 소중한 사람은 없습니다. 당신은
대신이시지요. 그렇다면 파도에게 조용히 하라고
명하셔서 평화롭게 배를 몰고 갈 수 있게
해보시죠. 그럼 저희도 더 이상 줄을 잡아당기지
않아도 될 테니까요. 힘 좀 써보세요. 그럴 수
없다면 이토록 오래 산 걸 감사히 여기고
선실에서 마음의 준비나 하고 계시죠. 언제

재앙이 닥칠지 모르니까요. 자, 힘들 내자고!
비켜달라니까요.

(퇴장)

곤잘로 저 자를 보니 마음이 놓이는군. 보아하니 물에
빠져 죽을 얼굴은 아니란 말이지. 딱 목매달려
죽기 좋겠어. 운명의 여신이여, 저 녀석을 꼭
목매달아 주십시오. 이 밧줄은 아무짝에도
쓸모없을 테니 저 자의 목을 매다는 줄로나
쓰게 해주세요. 저 이가 목매달아 죽을 운명이
아니라면 우리에겐 끔찍한 불행이 닥치겠지.

(퇴장)
(갑판장 다시 등장)

갑판장 꼭대기 돛을 내려! 어서! 더 낮게! 더 낮추라고!
바람을 따라 큰 돛으로만 배를 몰아봐.
(안쪽에서 외치는 소리) 빌어먹을 비명 소리!
폭풍우나 우리 일하는 소리보다 더 요란하군.
　　　　　(세바스찬, 안토니오, 곤잘로 다시 등장)
또 왔잖아! 이번엔 또 무슨 일이십니까?
이대로 일은 접고 그냥 빠져 죽으라는 겁니까?
다들 물속에 가라앉고 싶으신 거냐고요?

세바스찬	목에 가시라도 돋쳤나? 왜 이리 야단인가?
	버릇없고 인정머리 없는 놈!
	개처럼 짖어대기만 하는군.
갑판장	그럼 직접 해보시던가요.
안토니오	저놈 목을 매달게. 망할 자식! 위아래도 모르고
	바락바락 대들다니. 네 놈이 우리보다 물에
	빠지는 게 더 무섭나 보구나.
곤잘로	저 자는 절대 물에 빠져 죽지 않을 거요.
	이 배가 호두 껍데기보다 물러터지고 밤낮없이
	질질 짜는 아이처럼 물이 샌다 해도요.
갑판장	배를 바람 쪽으로 돌려라, 돌려! 돛을 둘 다
	올리고! 다시 바다 쪽으로 가야 해. 더 멀리!

(선원들, 흠뻑 젖은 채로 등장)

선원들	다 끝났습니다. 모두 기도나 하세요. 기도라도!
	이젠 끝장이에요.

(퇴장)

갑판장	이대로 죽어야 한단 말인가?
곤잘로	왕과 왕자님이 기도하고 계십니다. 같이 합시다.
	어차피 다들 마찬가지니까요.
세바스찬	더 이상은 못 버티겠어.

안토니오 술주정뱅이들에게 속아 넘어가 죽게 됐군.
저 입만 큰 불한당 같으니! 저놈이 열 번은
물에 빠져야 속이 후련할 텐데.

곤잘로 곧 목매달려 죽을 겁니다. 온 바다가 안간힘을
써서 입을 크게 벌리고 저 녀석을 집어삼키려
해도 말이오.

(배 안쪽에서 갈팡질팡하는 소리)

"우리에게 자비를!" "배가 갈라진다, 갈라져!"
"여보, 애들아, 잘 있어!" "형님, 안녕히 계십시오."
"배가 갈라지고 있어, 갈라진다고, 갈라져!"

안토니오 모두 왕과 함께 물에 빠져 죽읍시다.

세바스찬 왕께 작별 인사를 해야겠군요.

(안토니오와 세바스찬 퇴장)

곤잘로 지금 누가 마른 땅 한 평만 준다면 천 평 넘는
바다도 내어줄 텐데. 아무리 잡풀이 무성하고
헐벗은 땅이라도 좋아. 신의 뜻대로 되겠지!
그래도 마른 땅에서 죽고 싶구나.

(퇴장)

/

2장

/

섬, 프로스페로의 동굴 앞

(프로스페로와 미란다 등장)

미란다 아버지, 아버지의 마법으로 거친 파도가 울부짖게
하셨다면 그만 진정시켜 주세요. 하늘에선
냄새나는 기름 찌꺼기라도 퍼부을 것 같아요.
바다는 하늘 턱 밑까지 차올라 불이라도 끌
기세고요. 아, 고통받는 사람들을 보니 저도 너무
고통스러워요. 저 근사한 배 안에는 분명 훌륭한
사람들이 타고 있었겠죠. 그런데도 산산이
부서지고 말았어요. 사람들의 비명이 제 심장을
두드리는 것 같았어요! 가엾은 사람들, 다 죽고
말았어! 제가 힘이 센 신이었다면 땅속에 바다를
가라앉혔을 텐데요. 바다가 저 배나 배 안에서
불안에 떠는 사람들을 집어삼키기 전에요.

프로스페로 진정하렴. 더 이상 놀랄 거 없다. 네 다정한
마음에게 알려주렴. 아무도 다치지 않았다고
말이야.

미란다 아, 참으로 슬픈 날이에요.

프로스페로 다들 무사하다니까. 난 그저 사랑하는 내 딸,
널 위한 일을 했을 뿐이야. 넌 네가 누군지,
내가 어디서 왔는지도 모르지. 프로스페로가
이 초라한 동굴 주인이라고만 생각하고.
네 친아버지가 얼마나 대단한지도 모르지 않니?

미란다 굳이 더 알고 싶다는 생각을 한 적도 없는걸요.

프로스페로 이제 자세히 알려줄 때가 되었다. 손 좀 이리 다오.
마법의 옷을 벗어야겠어. 그래, 됐다.

(겉옷을 벗어 내려놓는다)

마법이여, 잠시 거기 있어라. 눈물을 닦고
안심하렴. 배가 가라앉은 끔찍한 모습이 다정한
네 마음을 아프게 했구나. 하지만 내 마법으로
안전하도록 미리 손을 써 두었으니 저 안에는
아무도 없단다. 너는 저들이 비명을 지르고
가라앉는 모습을 보고 들었지만 아무도 털끝
하나 다치지 않았다. 여기 앉으렴. 네 아버지
이야기를 해주마.

미란다 아버지는 가끔씩 제가 누구인지 알려주려

	하시다가 그만두곤 하셨죠. 더 물어봐도
	소용없었어요. 언제나 "가만있어라, 아직은 때가
	아니다"로 말을 끝맺으셨고요.
프로스페로	이제 때가 되었구나. 네게 모든 이야기를 해줄
	때가. 지금부터 내 말 잘 들으렴. 우리가 이
	동굴에 오기 전 일을 기억하느냐? 아마 못하겠지.
	세 살도 되기 전이니.
미란다	기억해요, 아버지. 기억하고말고요.
프로스페로	어떤 기억이 나지? 다른 집이나 사람 같은 거?
	네 기억에 남아 있는 건 뭐든 좋으니 말해보렴.
미란다	하도 오래전이라 기억이 맞는지는 잘 모르겠어요.
	그냥 꿈같다는 느낌도 들어요. 저를 돌봐주던
	여자가 네다섯 명은 되지 않았나요?
프로스페로	그랬지. 아니 더 많았단다, 미란다. 어떻게 그때
	일이 아직도 네 기억에 남아 있을까? 길고 긴
	시간 너머 저 뒤편 어둠 속에 또 어떤 게
	보이느냐? 여기 오기 전이 어땠는지 기억한다면
	어떻게 왔는지 기억하겠구나.
미란다	그건 기억이 잘 안 나요.
프로스페로	12년 전이란다, 미란다. 벌써 12년 전이야.
	그때 네 아버지는 밀라노의 공작이고 위풍당당한
	군주였지.

미란다	아니, 아버지가 제 친아버지 아닌가요?
프로스페로	네 어머니는 무척 정숙한 분이셨지. 그러니 넌 내 딸이 맞다. 그리고 난 밀라노의 공작이었단다. 넌 내 유일한 후계자이자 고귀한 가문의 공주였지.
미란다	세상에! 그런 곳을 떠나오다니 이 무슨 운명의 장난인가요? 아니면 그게 오히려 축복이었나요?
프로스페로	둘 다란다, 둘 다지. 네 말대로 운명의 장난 때문에 거길 떠나게 됐지만 이 섬에 온 건 축복이라 할 수 있다.
미란다	기억은 잘 안 나지만 그동안 아버지가 얼마나 힘드셨을지 생각하니 가슴이 찢어질 것 같아요. 계속 이야기해주세요.
프로스페로	내 동생이자 네 삼촌인 안토니오라는 놈은, 부탁이니 내 말 잘 들으려무나. 동생이 날 그렇게 배신할 줄이야! 난 세상에서 너 다음으로 사랑했던 안토니오에게 나랏일을 맡겼단다. 당시 밀라노는 모든 공국들 중 최고였지. 가장 뛰어난 군주였던 나 프로스페로는 명성이 드높았고 학문에서도 당할 자가 없었다. 하지만 늘 서재에 파묻혀 있고 정치 문제는 동생에게 떠넘겼지. 정치를 점점 멀리하고 마법 연구에 푹 빠졌어. 그랬더니 네 못된 삼촌은……. 내 말 듣고 있니?

미란다   네, 열심히 듣고 있어요. 아버지.

프로스페로   청원을 들어주고 거절하는 법을 배웠을 뿐
아니라 위로 올라가려면 누굴 밀어주고 누굴
짓밟아야 하는지도 알게 되었지. 내 편이던
사람들을 제 편으로 만들거나 다른 자리로
옮기거나 아예 새로운 자리를 만들었어.
사람을 뽑고 나라를 관리하는 열쇠를 모두
쥐고 있으니 모든 이가 동생의 비위를 맞출
수밖에 없었지. 동생은 군주로서 내 권력 전부를
뒤덮은 덩굴이 되어 내 기운을 죄다 빨아들였다.
너, 잘 듣고 있는 거냐?

미란다   네, 아버지. 듣고 있어요.

프로스페로   그래, 부디 잘 들으렴. 나는 세상과 관련된 일은
멀리하고 혼자 틀어박혀 마음을 갈고 닦는 데만
집중했단다. 내가 은둔 생활을 하고 평범한
사람들이 알기 어려운 학문에 파고드는 사이
동생의 사악한 본성이 눈을 떴지. 너무 착한 부모
밑에 버릇없는 자식이 있듯 내 지나친 신뢰는
동생을 그릇된 길로 이끌었단다. 동생을 향한
내 믿음은 한없이 깊었다. 동생의 배신도 그만큼
깊었지. 결국 동생은 왕이 되고 국가의 수입뿐
아니라 내 권력까지 모조리 가져갔어. 거짓말을

되풀이해서 그게 진실이라 믿게 된 사람처럼 그는
자신이 꾸며낸 기억에 빠져버렸다. 제 거짓말에
속아 넘어가 자기가 공작이라고 믿게 된 거야.
스스로 차지한 자리에 앉아 왕의 허울을 뒤집어
쓰고 특권을 누리다 보니 그의 야심은 커져만
갔지. 애야, 잘 듣고 있니?

미란다   아버지 이야기는 귀머거리도 낫게 할 거예요.

프로스페로   네 삼촌은 자기가 빼앗은 자리와 원래 그 자리의
주인이던 사람의 차이를 없애고 싶어 했다.
밀라노의 절대 권력자가 되려 했지. 딱한 처지가
된 나로서는 내 서재를 충분히 넓은 영토라 여기게
됐어. 동생은 내가 실제로 나라를 다스릴 능력이
없다고 생각하게 된 것 같더구나. 권력에 목마른
나머지 나폴리 왕과 결탁했어. 나폴리에 해마다
조공을 바치고 예를 표하는데다 제 왕권을 나폴리
왕권 앞에 바치기까지 했다. 지금껏 무릎을
꿇은 적 없던 나라였는데, 아, 가엾은 밀라노,
가장 비굴하게 머리를 조아리게 되다니!

미란다   세상에나!

프로스페로   네 삼촌이 나폴리와 어떤 계약을 했는지, 어떻게
됐는지 잘 들어보렴. 그리고 이게 과연 동생이
할 만한 짓인지 말해다오.

미란다   할머니를 고귀한 분이 아니시라고 생각한다면
　　　　제가 죄를 짓는 거겠죠. 훌륭한 어머니에게서도
　　　　사악한 아들이 태어날 수 있으니까요.

프로스페로 자, 이제 계약 조건이란다. 나폴리 왕은 나의
　　　　오랜 적이었기 때문에 동생의 청을 들어주었지.
　　　　그는 안토니오에게 얼마인지는 모르지만 어느
　　　　정도의 조공과 충성을 바치라고 요구했다.
　　　　그 대가로 나와 내 가족들을 공국 밖으로
　　　　몰아내고 모든 명예와 밀라노 땅을 동생에게
　　　　주기로 했지. 그래서 동생은 반란군을 소집했고,
　　　　어느 운명적인 날 한밤중에 밀라노의 성문을
　　　　열었지. 칠흑 같은 어둠 속에 명령을 받은
　　　　관리들은 나와 울고 있던 너를 부랴부랴
　　　　성 밖으로 내보냈어.

미란다   저런, 가엾어라. 어떻게 울었는지 기억은
　　　　안 나지만 다시 그때처럼 눈물이 나려고 해요.
　　　　듣기만 해도 저절로 눈물이 흐르네요.

프로스페로 좀 더 들어보렴. 이제 지금 우리가 처한 상황을
　　　　알려주마. 그렇지 않으면 이런 이야기를 할
　　　　필요도 없으니까.

미란다   왜 그자들은 그때 우리를 죽이지 않았나요?

프로스페로 그것참 좋은 질문이다. 내 이야길 들으면

그 질문이 나오게 되지. 애야, 그자들은 감히
그럴 수 없었어. 내 사람들이 날 너무 사랑했기
때문이다. 일을 처리하면서 피 흘린 흔적을 남길
수도 없었지. 오히려 사악한 음모를 그럴싸하게
포장했단다. 간단히 말해 그들은 서둘러 우리를
쪽배에 태웠다. 그리고 바다로 몇백 미터쯤 띄워
보냈지. 그곳에 자그마한 썩은 배 같은 걸 준비해
두었더구나. 배에 밧줄은커녕 돛과 돛대도 없었지.
쥐들마저 피해서 멀리 달아날 배였다. 그런 배에
우릴 태운 거야. 우리가 바다를 향해 소리를
지르자 바다도 우릴 향해 울부짖더구나. 바람을
향해 한숨을 쉬자 바람도 우릴 보고 한숨을
쉬었다. 거칠게 파도가 치고 바람이 부는 통에
고생을 좀 했지.

미란다 아아, 그때 전 아버지께 얼마나 큰 짐이었을까요!

프로스페로 아니다. 넌 사랑스러운 천사였어. 네가 날
지켜주었지. 네가 미소를 지으면 내 마음에
희망이 싹텄단다. 바다에서 쓰디쓴 눈물을
삼키며 고통에 몸부림칠 때 너만 보면 앞으로
어떤 어려움이 닥치든 이겨낼 수 있을 것 같았지.

미란다 우린 어떻게 물가로 빠져나왔나요?

프로스페로 신의 섭리가 우릴 이끌었지. 약간의 음식과

신선한 물도 있었다. 나폴리 귀족 곤잘로가 당시
음모의 지도자였는데 자비를 베풀어 우리에게
비싼 옷과 무명천, 여러 가지 필요한 물건들을
주었단다. 훗날 큰 도움이 되었지. 훗날 큰 도움이
되었어. 내가 책을 좋아한단 걸 알고 내 서재에서
책들을 가져다주기도 했지. 내 공국보다 더
아끼는 책들을.

미란다   아, 그분을 한 번 뵐 수 있다면.

프로스페로   이제 그만 일어나야겠구나. (다시 겉옷을 입는다)
넌 그대로 앉아서 내가 지금까지 하던 이야기의
마지막 부분을 들어보렴. 그렇게 우린 이 섬에
도착했다. 난 직접 널 가르쳐 네가 무척 알찬
시간을 보낼 수 있게 했지. 다른 왕자나 공주들은
게으름 피우며 놀고 있을 시간에 말이야. 어떤
교사도 나처럼 열심히 가르치진 않았을 거다.

미란다   정말 감사해요! 근데 한 가지 더 물어보고
싶은 게 있어요, 아버지. 너무 놀라서 아직도
가슴이 뛰는데요, 왜 폭풍우를 일으키신 건가요?

프로스페로   우선은 여기까지만 알고 있어라.
딸아, 이상야릇한 우연으로 자비로우신 행운의
여신이 내 적들을 이 물가로 데려왔단다.
그리고 나는 점을 쳐서 내 운명의 흐름이 무척

잘 풀릴 거라는 사실을 알게 되었지. 이 흐름을
따르지 않고 그냥 무시한다면 앞으로 내 운은
계속 꺾일 거란다. 질문은 여기까지만 받겠다.
지금 넌 졸린 것 같은데. 아주 피곤한가 보구나.
그만 푹 자려무나. 그래야 할 거다.

(미란다가 잠든다)

나와라, 에어리얼, 이리 와. 난 준비가 다 되었다.
가까이 오렴, 나의 에어리얼.

(에어리얼 등장)

에어리얼   부르셨어요, 주인님? 위대하신 우리 주인님 만세!
시키신 일을 하러 달려왔습니다. 날아가는 일,
헤엄치는 일, 불 속에 뛰어드는 일, 구불구불한
구름에 올라타는 일 등 주인님이 원하신다면
무엇이든 해낼 준비가 되어 있지요.

프로스페로   그래, 요정아. 내가 말한 그대로 폭풍우를
일으켰겠지?

에어리얼   그럼요. 하나도 빼놓지 않고요. 저는 무시무시한
불꽃이 되어 왕의 배에 올라탔어요.
뱃머리와 중간 부분, 갑판과 모든 선실을
돌아다녔지요. 무섭도록 활활 타올랐죠.
여럿으로 갈라져 여러 군데 불을 지르기도 했죠.

꼭대기 돛과 돛 가름대, 뱃머리에서 가장 밝게
타올랐고 그런 다음 다시 만나 합쳤습니다.
무시무시한 천둥을 만들어 내신 제우스님의
번개도 이만큼 빠르고 강하진 않았을 겁니다.
지옥 불처럼 타오르는 불길과 소리는 가장 힘센
바다의 신 넵튠도 사로잡았고, 그의 대담한
파도도 벌벌 떨었어요. 매서운 삼지창마저
흔들릴 정도였죠.

프로스페로 거참 장하구나! 그런 소동 속에서는 제아무리
굳세고 침착한 자라도 정신을 차리기 힘들었겠지?

에어리얼 물론입니다. 모두 불을 피하려고 미친 듯이
날뛰면서 소동을 피웠죠. 선원들 말고는 너도나도
배의 불길을 피해 거친 파도가 이는 바다에
뛰어들었습니다. 배는 저와 함께 불탔죠.
왕자 퍼디넌드는 억새풀처럼 머리칼이 곤두선
줄도 모르고 "지옥은 텅 비었겠구나. 악마들이
모조리 여기 와 있으니"라고 외쳤어요. 그러더니
제일 먼저 뛰어내렸답니다.

프로스페로 잘했다. 그런데 요정아! 그곳이 이 해안가
근처겠지?

에어리얼 아주 가깝습니다. 주인님.

프로스페로 그렇지만 그들 다 무사하고?

25

에어리얼   털끝 하나 다치지 않았습니다. 입고 있는 옷에
얼룩 하나 없고요. 오히려 더 깨끗해졌지요.
주인님이 명령하신 대로 섬 근처에 그들을 무리
지어 떨어뜨려 놓았습니다. 왕자는 혼자 땅에
올라오게 했고요. 잔뜩 풀이 죽어서는 섬의 외딴
구석에 팔짱을 끼고 앉아 한숨만 내쉬고 있죠.

프로스페로   왕의 배는 어떻게 됐지? 선원들과 나머지는
어떻게 처리했는지도 말해봐라.

에어리얼   왕의 배는 무사히 항구에 들어갔습니다.
어느 한밤중에 주인님이 절 불러 늘 거친 바람이
부는 버뮤다 섬에서 이슬을 가져오라고 하신
적이 있잖아요. 그 섬의 깊숙한 구석에 배를
숨겨 놓았지요. 선원들은 모두 갑판 아래쪽에
밀어 넣었고요. 이미 일하느라 진이 빠진
그들에게 마법을 걸어 잠들게 해 놓았습니다.
전부 흩어지게 했던 나머지 사람들은 다시
만나게 해 두었고요. 모두 슬픔에 잠긴 채
지중해를 거쳐 나폴리로 돌아갈 겁니다. 배가
부서지는 걸 봤으니 왕이 세상을 떠났을 거라고
생각하겠지요.

프로스페로   에어리얼, 임무를 제대로 처리했구나.
하지만 또 할 일이 있다. 지금 몇 시지?

에어리얼	정오가 넘었습니다.
프로스페로	적어도 두 시는 되었겠지. 지금부터 여섯 시까지는 우리 둘 다 가장 소중하게 써야 한다.
에어리얼	아직 할 일이 있다고요? 자꾸 절 괴롭히실 거면 제게 약속한 걸 잊지 마시기 바랍니다. 아직 지키지 않으셨어요.
프로스페로	뭐라고? 왜 심술을 부리는 거냐? 네가 원하는 게 뭐지?
에어리얼	제 자유입니다.
프로스페로	아직 시간이 되지도 않았는데? 더 이상 아무 말 마라!
에어리얼	부디 기억해주세요. 제가 가치 있는 일을 했다는 걸요. 거짓말을 하지도 않고 실수하지도 않고 아무런 불평불만 없이 일했습니다. 제게 1년을 줄여주신다고 약속하셨잖아요.
프로스페로	네가 어떤 고통을 겪을 때 널 구해주었는지 잊었느냐?
에어리얼	아닙니다.
프로스페로	잊은 게 틀림없어. 그러니까 깊은 바다 밑 진흙을 밟고, 매서운 북쪽 바람을 맞거나 서리로 뒤덮인 땅속을 파고 들어가는 게 대단한 거라고 생각하는 거겠지.

에어리얼	그렇지 않습니다, 주인님.
프로스페로	거짓말하지 마라! 못된 것! 밉살맞은 마녀 시코락스를 잊은 게야? 그 나이 많고 질투심 강하고 허리는 구부정한 마녀 말이다.
에어리얼	아닙니다, 주인님.
프로스페로	잊은 것 같은데. 마녀가 어디서 태어났더라? 말해봐라.
에어리얼	알제리에서요. 주인님.
프로스페로	아, 그랬나? 네가 어떤 일을 겪었는지 한 달에 한 번은 이야기해야겠구나. 자꾸 까먹는 것 같으니. 그 망할 마녀 시코락스는 못된 장난과 사람이 듣기에 지독한 짓을 일삼아 알제리에서 쫓겨났단 걸 너도 알겠지. 마녀가 한 가지 공을 세운 덕에 인간들이 목숨을 빼앗진 않았지. 내가 한 말이 모두 맞느냐?
에어리얼	맞습니다, 주인님.
프로스페로	시퍼런 눈의 할망구는 아이를 가진 몸으로 이곳에 끌려왔지. 그리고 선원들에게서 버려졌다. 넌 지금은 내 노예지만 그땐 너도 말했다시피 그녀의 하인이었어. 넌 그녀의 지저분하고 역겨운 심부름을 하기엔 너무 여린 요정이었어. 자신의 대단한 명령을 거절하자 마녀는 널 가두었다.

더욱 힘센 부하들의 도움을 받아, 가눌 수 없는
분노에 사로잡혀 갈라진 소나무 틈에 널
가두었지. 그 틈에 넌 갇혀서 십 이년이나
고통스러운 시간을 보냈어. 그녀가 죽자
넌 거기 그대로 남았다. 거기서 넌 비명을
질렀는데 그 소리가 꼭 물레방아 바퀴가
돌아갈 때 나는 소리 같았지. 그땐 이 섬에
마녀가 낳은 아들뿐이었지. 그 주근깨투성이
아이 말고는 이 섬에 사람이라곤 하나도 없었지.

에어리얼   네. 그 아이가 바로 마녀의 아들 캘리번이죠.

프로스페로   그래, 멍청한 놈이지. 지금 내가 데리고 있는
캘리번 말이야. 내가 널 찾아냈을 때 어떤 고통을
겪었는지는 네가 제일 잘 알겠지. 네 신음 소리는
늑대를 울부짖게 했고, 성난 곰의 가슴 속으로
파고들었다. 저주받은 자가 겪는 고통이었지.
시코락스마저 그 고통을 사라지게 할 수 없었어.
내가 와서 네 신음 소리를 듣고 마법으로
소나무를 갈라서 널 꺼냈다.

에어리얼   감사합니다, 주인님.

프로스페로   네 놈이 더 불평하면 참나무를 쪼개 가장 깊은
안쪽에 널 집어넣겠다. 그 안에서 열두 번의
겨울을 더 울부짖게 해주지.

에어리얼	용서하세요, 주인님. 시키시는 건 뭐든
	다 하겠습니다. 요정 노릇을 얌전히 잘할게요.
프로스페로	그래야지. 그럼 이틀 후에 널 풀어주겠다.
에어리얼	역시 주인님은 멋지다니까! 제가 뭘 할까요?
	뭐든 다 말씀하세요. 뭘 하면 되죠?
프로스페로	가서 바다의 님프처럼 차려입어라. 너와 나
	말고는 누구의 눈에도 띄어선 안 돼.
	다른 사람들 눈에는 안 보여야 한다고.
	그렇게 모습을 바꾸고 다시 여기로 와라.
	어서 가, 서둘러.

(에어리얼 퇴장)

일어나렴, 애야. 일어나! 푹 잤겠지. 이제 일어나!

미란다	아버지가 해주신 이상한 이야길 들으니 잠이
	쏟아지더라고요.
프로스페로	이제 그만 잠에서 깨려무나. 자, 이리 와.
	노예 캘리번한테 가자꾸나. 그놈은 항상
	투덜댄단 말이지.
미란다	못돼먹었어요. 아버지. 꼴 보기도 싫어요.
프로스페로	하지만 우리에겐 그놈이 있어야 해. 놈이 불을
	피워주고 땔감을 가져다주고 부지런히 일해서
	우릴 편하게 해주잖아. 이봐! 캘리번!
	진흙 덩이 같은 놈아! 대답 좀 해봐.

캘리번 (안쪽에서) 안에 땔감은 충분한뎁쇼.

프로스페로 나오라고 했다! 네가 할 일이 또 있어! 빨리 와, 느려 터진 놈! 언제 나올 거야?

(바다의 님프 모습으로 변한 에어리얼 다시 등장)

과연 솜씨 좋은 요정이라니까! 나의 기특한 에어리얼, 내가 한 말 잘 기억해라.

에어리얼 주인님, 그렇게 하겠습니다.

(퇴장)

프로스페로 너, 이 독사 같은 놈! 악마와 늙은 마녀 밑에서 태어난 놈 썩 나오라니까!

(캘리번 등장)

캘리번 우리 어머니가 더러운 늪에서 까마귀의 깃으로 닦아낸 사악한 이슬이 너희 둘에게 떨어질 거다. 남서풍이 불어 닥쳐 온몸에 물집이나 생겨라!

프로스페로 그런 말을 하다니 오늘 밤 넌 쥐가 나고 옆구리가 쑤셔서 한숨도 못 잘 거다. 고슴도치 요정들이 오늘 밤 내내 널 괴롭힐 테니까. 벌집을 쑤신 듯 온몸이 다 꼬집힐 거야. 한 번 꼬집힐 때마다 벌에 쏘인 것보다 더 따가울 거다.

캘리번 난 저녁이나 먹어야겠어. 이 섬은 내 거고,
우리 엄마 시코락스가 물려줬어. 근데 당신이
빼앗아갔지. 처음 왔을 때는 날 쓰다듬고 아주
예뻐해줬지. 딸기 넣은 물도 주고 더 큰 빛과 더
작은 빛을 어떻게 부르는지도 알려줬어.
낮과 밤에 빛을 내는 것들을. 그땐 당신이 좋아서
이 섬의 모든 걸 다 가르쳐줬지. 신선한 샘물과
소금 웅덩이, 마른 땅과 풍요로운 땅까지. 그런
짓을 하더니 빌어먹을! 우리 엄마 시코락스의
모든 마술이, 두꺼비와 딱정벌레, 박쥐가 당신을
괴롭히길! 지금 난 당신의 하인 노릇이나 하고
있지만 처음엔 모두 왕인 내 것이었지. 그런데 날
이 단단한 바위에 가두고 섬의 다른 덴 얼씬도
못 하게 하다니.

프로스페로 이 거짓말쟁이 노예 같으니. 때려야 말을 듣지,
친절하게 대하면 안 돼! 난 너같이 지저분한 놈도
친절하게 대했다. 그리고 내 동굴에서 널 지내게
했지. 네가 소중한 내 딸에게 손대려 하기 전까지
말이야.

캘리번 하아, 그때 내 뜻으로 돼야 했는데. 당신이 날
막았지. 이 섬을 캘리번의 자손으로 채울 수
있었건만.

프로스페로 밉살맞은 노예 놈, 단 하나 선한 구석이 없고
못된 것 투성이지. 널 딱하게 여겨 애써 말을
가르치고 짬짬이 이것저것 가르쳤는데. 야만인인
네가 제대로 말할 줄 모르고 짐승처럼 지껄여댈
때 난 네게 글자를 가르치고 생각을 표현할 수
있게 해주었지. 하지만 워낙 못되게 태어난 탓에
가르쳐도 아무리 가르쳐도 너에게 선한 본성을
일깨울 수 없었다. 그러니 네 놈을 바위 속에
가둘 수밖에. 네 놈에겐 감옥도 과분해.

캘리번 내게 말을 가르쳐 주긴 했지. 말을 배워 좋은
점은 욕할 줄 안다는 거뿐이야. 내게 말을
가르쳐 준 벌로 역병에나 걸려라!

프로스페로 이러니 마귀할멈 자식이지. 얼른 나무나 갖고 와.
서두르는 게 좋을걸. 다른 심부름도 있으니까.
이 못된 놈, 계속 꾸물대고 있을 거냐?
내가 시킨 일을 대충하거나 마지못해서 한다면
손발에 쥐가 나게 해주지. 네 뼈마디를 전부
아프게 하고 네 놈이 울부짖게 해주마.
짐승도 네 비명을 듣고 몸서리를 칠 게다.

캘리번 부탁이니 제발 그러지 마세요.
(방백) 시키는 대로 해야겠는걸. 저 인간의
마법은 워낙 세서 우리 엄마의 수호신

세테보스마저 꼼짝 못하고 그의 종노릇을
하게 될 테니까.

프로스페로 그러니까 노예 놈아, 썩 꺼져!

(캘리번 퇴장)
(눈에 보이지 않는 에어리얼이 노래하고 춤추며
다시 등장. 뒤따라 퍼디넌드 등장)

에어리얼의 노래
여기 모래밭으로 와서 손을 잡아요. 서로
인사하고 입을 맞추면 거친 물결도 잦아들죠.
이곳저곳 발자국을 남겨요. 상냥한 요정들아,
후렴을 불러라. 잘 들어라, 들어 봐.
(여기저기서 후렴) 멍멍
감시견이 짖는군.
멍멍!

에어리얼 들어라, 잘 들어! 거드름 피우는 수탉이 울부짖고
꼬꼬댁거리는 소리가 들린다.

퍼디넌드 어디서 음악 소리가 들리는 거지? 하늘인가
아니면 땅에서? 더 이상 들리지 않는구나. 분명
저 소리는 이 섬의 신을 기다리는 것이리니.
둑에 앉아 왕이신 우리 아버지가 물에 빠지신 걸
슬퍼하고 있을 때 이 음악 소리가 파도를 타고

내게 스며들었다. 감미로운 가락으로 성난 파도와
나의 슬픔을 달래주었어. 그곳에서부터 난 소리를
따라왔지. 아니, 소리가 날 이끈 거야.
이제 사라졌구나. 아니, 다시 들린다.

에어리얼의 노래
그대 아버지는 다섯 길 바닷속에. 뼈는 산호가
되었지. 눈은 진주가 되고. 몸은 하나도 시들지
않고 바닷속에서 값지고 신기한 것이 되었네.
바다 님프들이 한 시간마다 그를 애도하며 종을
울리네.
(후렴) 딩-동

에어리얼 들어라! 이제 들리네, 딩동 하는 소리가.

퍼디넌드 저 노랫말은 물에 빠져 돌아가신 아버질
떠오르게 하는군. 이건 인간이 할 수 있는 일이
아니고, 저 소리도 땅에서 들리는 것이 아니야.
이젠 위쪽에서 들리는데.

프로스페로 눈을 크게 뜨고 잘 살펴보렴.
그리고 뭐가 보이는지 말해다오.

미란다 저게 뭐지? 요정인가? 이리저리 둘러보고 있어요,
아버지. 아주 용감하게 생겼어요.
하지만 요정이군요.

프로스페로 아니다, 애야. 저건 먹고 자고 우리와 똑같은
감각이 있지. 네가 보고 있는 청년은 부서진 배에
탔었다. 슬픔에 빠져 얼굴이 좀 상하긴 했지만
잘생긴 청년이지. 그는 일행을 잃어버렸다.
길을 헤매며 그들을 찾아다니고 있지.

미란다 제게는 신과 같은 분으로 보이는데요.
저렇게 멋진 사람을 본 적이 없어요.

프로스페로 (방백) 잘 되고 있군, 좋아. 요정이 일을 잘하고
있어. 훌륭하군. 이번 일의 대가로 널 이틀 내에
풀어주겠다.

퍼디넌드 이 노래는 저 여신에게 바치는 게 틀림없어!
제 기도를 들으시어 당신이 이 섬에서
머무르시는지 알려주소서. 제가 여기 어떻게
지내야 하는지도 가르쳐 주소서. 무엇보다
알고 싶은 건…… 오, 신비로운 분이시여!
당신은 처녀인가요, 아닌가요?

미란다 신비로울 건 없는데요. 하지만 분명 처녀랍니다.

퍼디넌드 우리나라 말이잖아! 맙소사! 저는 이 말을 쓰는
사람 중 가장 신분이 높습니다. 제가 그 말을
쓰는 곳에 있다면요.

프로스페로 뭐라고? 가장 신분이 높다고? 나폴리 왕이
자네 말을 듣는다면 어쩌려고 그러는가?

퍼디넌드	이제 저 혼자 남았는데 나폴리의 왕이라는 말을 듣다니 놀랍군요. 나폴리의 왕은 제 말을 들을 겁니다. 그가 듣고 있어서 전 눈물이 나오네요. 제가 나폴리 왕입니다. 제 눈으로 폭풍우가 휘몰아쳐 왕이신 아버지가 물에 빠지는 걸 보았으니까요.
미란다	저런, 맙소사!
퍼디넌드	네, 사실입니다. 아버지의 신하들도 모두요. 밀라노 공작과 그의 용감한 아들도 서로 흩어졌습니다.
프로스페로	(방백) 진짜 밀라노 공작과 더 용감한 딸이 저 말에 반박할 수도 있었을 텐데. 지금이 적당한 때였다면 말이지. 저들은 첫눈에 반했구나. 솜씨 좋은 에어리얼, 이번 일을 잘 처리했으니 곧 널 자유롭게 해주마. (퍼디넌드에게) 이보게, 내 한마디만 하지. 지금 말을 잘못한 것 같은데.
미란다	아버지가 왜 저렇게 무례하게 말씀하시지? 이 분은 내가 태어나서 세 번째로 본 남자인데. 내게 처음으로 안타까운 마음이 들게 한 남자고. 아버지도 나처럼 저분을 가엾게 여기시어 친절하게 대해주시면 좋을 텐데.

퍼디넌드　당신이 처녀이고 아직 맘을 준 사람이 없다면
　　　　　당신을 나폴리의 여왕으로 삼고 싶소.
프로스페로　이봐, 그쯤 해 두게. 한마디 더 해야겠군.
　　　　　(방백) 서로 완전히 빠졌어. 하지만 너무 속도가
　　　　　빠르니 좀 늦춰야겠어. 너무 쉽게 얻은 상은
　　　　　소홀히 여길 수도 있으니까.
　　　　　(퍼디넌드에게) 한마디만 하겠네. 내 말 잘 듣게.
　　　　　자네는 이 자리에서 자네 것이 아닌 이름을
　　　　　빼앗으려 하고 있네. 이 섬에 첩자로 나타나
　　　　　섬을 차지하고 나 대신 주인이 되려 하는군.
퍼디넌드　아닙니다. 전 있는 그대로 말했을 뿐입니다.
미란다　저런 분께는 어떤 잘못도 어울리지 않아요.
　　　　　잘못을 하기에는 저분이 너무 맑은걸요.
　　　　　저분의 영혼에는 선한 생각만 깃들 거랍니다.
프로스페로　날 따라오시오. 넌 저 사람 편들지 마라.
　　　　　저 자는 반역자니까. 이리 와, 네 목과 발에
　　　　　쇠고랑을 채우겠다. 넌 앞으로 바닷물을 마셔야
　　　　　할 게다. 그리고 조개와 시든 뿌리, 도토리껍질만
　　　　　먹어야 할걸. 따라와!
퍼디넌드　아니, 그런 대접은 사양하겠소. 내 적이 나보다
　　　　　더 힘이 세다는 걸 확실히 알기 전까지는.

（칼을 뽑지만 마법에 걸려 꼼짝 못한다）

미란다	아버지. 그를 너무 성급하게 판단하지 마세요.
	저 이는 상냥하고, 무서운 분도 아닌걸요.
프로스페로	뭐라고? 내 딸이 날 가르치려 드는 게냐?
	칼을 들어라, 이 반역자. 들기만 하고 찌르진
	못하는구나. 네 양심이 온통 죄책감에
	물들었으니. 거기 서 있지만 말고 나와 보시지.
	난 지팡이만으로도 네 칼을 떨어뜨리고
	널 꼼짝 못하게 할 수 있어.
미란다	제발 부탁이에요, 아버지.
프로스페로	놔라! 내 옷 잡아당기지 마.
미란다	아버지, 부디 자비를 베푸세요.
	제가 저분을 보증할게요.
프로스페로	조용히 해! 한마디만 더 하면 너도 혼날 줄
	알아라. 널 미워하진 않더라도. 뭐라고! 사기꾼을
	변호하겠다고? 하! 저렇게 잘생긴 사람이 없는 줄
	아는 모양이지만 넌 저 자와 캘리번 밖에
	못 봤잖아! 가엾은 아이! 대부분의 남자들에
	비하면 저 인간은 캘리번이나 다름없고,
	그들은 저 이에 비하면 더 천사 같을 거다.
미란다	그렇다면 제 애정이 참으로 소박한 거네요.
	제게는 더 멋진 분을 만나겠다는 욕심이
	없으니까요.

프로스페로	자, 내 말 잘 들어라. 네 근육은 다시 어린아이와 같은 때로 돌아갔다. 힘도 하나도 없고.
퍼디넌드	과연 그렇다. 내 영혼도 꿈을 꾸듯 꽁꽁 묶여 있는 것 같구나. 아버질 잃은 일, 내가 느끼는 허약함, 친구들이 모두 물에 빠진 것, 내가 굴복하고 있는 저 사람의 협박도 내겐 아무것도 아니야. 감옥에 들어가 하루 한 번 저 아가씨를 볼 수 있다면 말이지. 이 땅의 다른 모든 곳은 다들 자유롭게 쓰라지. 이런 감옥에 있어도 내겐 충분할 테니까.
프로스페로	(방백) 잘 되고 있군. (퍼디넌드에게) 자, 따라오게. (에어리얼에게) 잘하고 있어, 착한 에어리얼! (퍼디넌드에게) 따라오라고. (에어리얼에게) 다른 일도 있으니 잘 들어라.
미란다	안심하세요. 아버지는 워낙 성품이 좋으시거든요. 말은 저렇게 하시지만요. 조금 전은 평소와 좀 달랐어요.
프로스페로	넌 이제 바람만큼 자유로워질 거다. 하지만 내가 시킨 건 하나도 빠짐없이 지켜야 한다.
에어리얼	토씨 하나까지 지킬게요.
프로스페로	자, 따라오너라. 넌 자꾸 저 자의 편을 들지 마라.

(모두 퇴장)

/

제2막

/

1장

/

섬의 또 다른 곳

(알론조와 세바스찬, 안토니오와 곤잘로, 아드리안,
프란체스코와 다른 사람들 등장)

곤잘로 부디 기뻐하십시오. 전하께는 그러실 만한 이유가
있습니다. 우리 모두 마찬가지죠. 잃은 것도
있지만 살아남은 게 훨씬 더 큰 행운이니까요.
우리가 겪은 괴로움은 아주 흔한 겁니다.
매일같이 선원의 아내든 선장이든 상인이든
저희와 같은 괴로움을 겪습니다. 하지만 이 기적,
우리가 목숨을 구한 일은 수백만 명 중에
단 몇 명에게 생길 뿐입니다. 우리 같이 운 좋은
사람에게나 생길 뿐이죠. 그러니 부디 지혜롭게
우리의 슬픔과 위안을 저울에 달아보시기
바랍니다.

알론조 제발 입 좀 다물게.

세바스찬 왕께서는 위안을 식은 죽처럼 받으시는데요.

안토니오 그렇다고 가만있을 곤잘로가 아니오.

세바스찬 그럼요. 곤잘로는 금방 다시 농담을 할 거예요.
어디 숫자를 세 볼까요.

곤잘로 폐하.

세바스찬 하나. 그거 보라니까요.

곤잘로 슬픔이 찾아올 때마다 반갑게 맞이하리니,
반갑게 맞이하는 이는…….

세바스찬 동전을 받을 수 있죠.

곤잘로 그래요. 동정을 받을 수 있어요. 듣고 보니
그것도 맞는 말이네요.

세바스찬 이런, 잘도 받아치시는군.

곤잘로 그러니 폐하.

안토니오 거참, 곤잘로는 좀처럼 입을 쉬지 않는군.

알론조 제발 말 좀 그만하라니까.

곤잘로 네, 다 끝났습니다. 하지만.

세바스찬 계속 이야기할 거예요.

안토니오 곤잘로나 아드리안 중에서 누가 먼저
울기 시작할까요? 좋은 내기 거리 아닌가요?

세바스찬 늙은 수탉이요.

안토니오 난 어린 수탉에 걸겠소.

세바스찬 좋습니다. 뭘 걸죠?

안토니오 웃음이죠.

세바스찬 그럽시다!

아드리안 이 섬이 좀 황량하긴 하지만.

세바스찬 하하하, 내가 상금을 드린 거요.

아드리안 사람이 살지 않을 것 같고 누가 찾아오지도
    않을 것 같긴.

세바스찬 하지만 —

아드리안 하지만.

안토니오 저 말을 빠뜨릴 순 없지.

아드리안 섬의 기후는 분명 온화하고 따뜻하고 상냥하지요.

안토니오 상냥한 여자 같은 기후지.

세바스찬 상냥하고말고요. 저 양반이 점잖게 말하는
    것만큼이나.

아드리안 바람이 우리에게 달콤한 숨을 내뿜고 있어요.

세바스찬 허파라도 달린 것처럼. 그것도 썩은 허파.

안토니오 아니면 늪의 향기로 물든 것 같이.

곤잘로 생명에 도움이 되는 건 뭐든지 다 있어요.

안토니오 맞아요. 먹고 사는 데 필요한 걸 빼면요.

세바스찬 그런 건 전혀, 아니, 거의 없어요.

곤잘로 풀이 얼마나 무성하고 싱싱한가요!
    참 푸릇푸릇하네요!

안토니오   땅은 온통 황갈색이고요.

세바스찬   그 안에 싱싱한 풀이 눈동자처럼 박혀 있지요.

안토니오   곤잘로의 말이 전부 틀린 건 아니군요.

세바스찬   그렇긴 해요. 핵심을 놓치고 있을 뿐이죠.

곤잘로   그런데 가장 신기한 건, 그러니까 거의 믿기
            어려울 정도인데요,

세바스찬   신기한 것들이 으레 그런 법이죠.

곤잘로   바닷물에 흠뻑 젖었던 우리 옷들은, 보세요,
            마치 새것처럼 윤이 나잖아요. 소금물에
            더럽혀졌다기보다 새로 물이라도 들인 것 같아요.

안토니오   저 자의 주머니 중 하나가 말할 수 있다면
            거짓말을 한다고 하지 않을까요?

세바스찬   그럴 걸요, 아니면 그는 거짓말까지 주머니 속에
            감춰 버리겠죠.

곤잘로   제가 보기에 우리 옷은 아프리카에서 처음
            입었을 때만큼이나 새것 같습니다. 전하의
            아리따운 외동딸 클라리벨이 튀니스 왕과
            결혼했을 때 말이죠.

세바스찬   근사한 결혼식이었죠. 덕분에 돌아가는 길도
            지금처럼 아주 편안하고요.

아드리안   튀니스에서는 그토록 뛰어난 여왕을
            모시는 축복을 누린 적이 없었지요.

곤잘로 미망인 다이도 전에는요.

안토니오 미망인이라니! 젠장! 왜 미망인 이야기가
나오는 거요? 미망인 다이도라!

세바스찬 만약 '홀아비 아니에스'라고 말한다면요?
세상에, 제 말을 어떻게 들은 건가요?

아드리안 '미망인 다이도'라고 하셨어요? 그 말을 들으니
하나 짚고 넘어가고 싶은데요. 그녀는 카르타고
출신이지, 튀니스 출신이 아니었습니다.

곤잘로 튀니스가 바로 카르타고입니다.

아드리안 카르타고라고요?

곤잘로 카르타고가 틀림없습니다.

세바스찬 곤잘로의 말은 기적의 하프 소리도 능가하는군.
벽을 넘었으니 집도 넘어가겠소.

안토니오 저 자가 다음엔 또 어떤 불가능한 일을
해낼까요?

세바스찬 이 섬을 집으로 만들어 주머니에 넣겠죠.
그리고 아들에게 사과라고 하면서 줄 거요.

안토니오 그리고 그 씨를 바다에 뿌려 더 많은 섬을
만들 테고요.

곤잘로 맞아요.

안토니오 본인도 그렇다고 하네요.

곤잘로 전하, 우리 옷이 튀니지 왕비가 되신 전하의

따님이 결혼할 때처럼 새것 같다는 이야기를
하고 있었습니다.

안토니오　그분이 튀니스의 왕비 중 가장 훌륭하시다는
말도요.

세바스찬　미망인 다이도를 빼고 라는 말도 했죠.

안토니오　아 미망인 다이도! 그래요, 미망인 다이도.

곤잘로　제 조끼도 처음 입었을 때처럼 새것이고요.
말이 그렇다는 뜻이긴 합니다만.

안토니오　제법 공들여 낚은 말이죠.

곤잘로　전하의 따님 결혼식 때 입었던 옷처럼 말이에요.

알론조　자꾸 듣기 싫은 말을 하니 더는 못 참겠군.
그 아이를 거기서 결혼시키지 않았으면
좋았으련만! 돌아오는 길에 아들을 잃고 딸까지
잃은 것 같으니 말일세. 이탈리아에서 그리도
먼 곳으로 갔으니 다신 그 애를 볼 수 없겠지.
나폴리와 밀라노를 물려받을 내 후계자여!
넌 어떤 이상한 물고기의 먹이가 되었을까?

프란체스코　전하, 왕자님은 살아계실 겁니다. 왕자님이
솟구치는 파도를 밀어내며 그 등에 올라타신 걸
봤거든요. 그분은 물을 밟으셨어요.
사나운 물살을 내팽개치고 높이 치솟은 파도를
가슴으로 밀어내셨죠. 그분을 덮치려는 파도 위로

47

왕자님의 늠름한 머리가 떠올랐고요. 튼튼한
팔로 헤엄쳐 해안가로 가셨어요. 해안은 파도에
감춰진 밑바닥을 굽혀 왕자님께 인사를 했답니다.
마치 그분을 감싸기라도 하는 것처럼요.
저는 왕자님이 무사히 땅에 오르셨을 거라고
굳게 믿습니다.

알론조 아냐, 아닐세. 그 앤 가버렸어.

세바스찬 형님께서 스스로 무덤을 파신 겁니다. 공주님을
유럽의 왕비로 보내지 않으시고 아프리카에
보내셨잖아요. 공주님은 형님 눈앞에서는 쫓겨난
거나 다름없어요. 그러니 이렇게 눈물을
흘리시는 건 바로 형님 탓입니다.

알론조 부탁이니 그만하게.

세바스찬 우리 모두 무릎을 꿇고 마음을 바꾸시라고
간청했죠. 아름다운 공주님은 가기 싫은 마음과
아버지께 복종해야 한다는 사실 앞에서
갈등하셨고요. 어느 쪽을 택해야 할지요.
저는 우리가 왕자님을 영영 잃은 게 아닐까
싶습니다. 이번 사고로 밀라노와 나폴리에
수많은 미망인들이 생겼어요. 그들을 달래줄
남편들 수보다 훨씬 더 많을 겁니다.
다 형님 탓입니다.

알론조 그래서 더 마음이 아프구나.

곤잘로 세바스찬 경, 맞는 말이긴 하지만 너무
잔인하군요. 그런 말을 할 때가 아닙니다.
아픈 데를 찌르셨어요. 약을 발라야 할 땐데
말이죠.

세바스찬 말 한번 잘했소.

안토니오 아주 냉정한데요.

곤잘로 우리 모두 매서운 추위에 시달릴 겁니다.
전하께서 괴로워하시면요.

세바스찬 매서운 추위라고요?

안토니오 아주 매섭겠죠.

곤잘로 제가 이 섬을 식민지로 삼는다면요, 전하.

안토니오 쐐기풀 씨앗을 뿌리겠지요.

세바스찬 소리쟁이 잎이나 아욱도요.

곤잘로 이곳의 왕이 되면 어떻게 하는 게 좋을까요?

세바스찬 술이 없으니 술에 취해 달아나는 일은 없겠군.

곤잘로 이 섬의 새로운 왕이 되면 전 모든 걸 반대로
처리할 겁니다. 어떤 종류의 상거래도 허락하지
않고, 관리도 두지 않고 글도 가르치지
않겠습니다. 빈부격차도 없앨 거고 하인을
부리지도 못하게 할 겁니다. 계약과 상속도,
땅의 경계와 구역도, 경작지도, 포도밭도 없고요.

금속이나 옥수수, 포도주, 기름도 없고, 직업도
없습니다. 모든 남자들이 게으르게 지내게 할
거예요. 여자들도 마찬가지겠지만 순수하고
깨끗해야겠죠. 통치권도 없을 겁니다.

세바스찬 그러면서도 왕은 되고 싶어 하는군.

안토니오 새로운 왕국에 대한 연설을 펼치다가 마지막에
그 출발점을 잊고 말았소.

곤잘로 자연에서 나는 건 무엇이든 모든 건 땀 흘리고
노력하지 않아도 얻게 할 겁니다. 반역과 중죄,
칼과 창, 총이나 어떤 무기도 허용하지
않을 거고요. 저도 갖지 않을 겁니다. 그저
자연이 모든 것을 만들어 냅니다. 아주 풍요롭고
한껏 넘치게요. 그래서 순진한 제 백성들을
먹여 살릴 거예요.

세바스찬 백성들끼리 결혼할 수도 없나요?

안토니오 안 하겠죠. 모두 게으르니까요.
창녀와 건달뿐인걸요.

곤잘로 그토록 완벽하게 지배할 겁니다, 전하. 황금시대
를 뛰어넘겠습니다.

세바스찬 곤잘로 만세!

안토니오 곤잘로 만만세!

곤잘로 제 말 듣고 계십니까, 전하?

알론조   부탁이니 더 이상은 하지 말게. 나한텐 아무 의미
        없으니까.

곤잘로   전하의 말씀이 옳습니다. 그냥 저 자들을
        웃기려고 한 말입니다. 저들의 허파는 워낙
        민감해서 별일 아닌데도 웃어대거든요.

안토니오 우린 당신을 비웃은 거요.

곤잘로   제가 하는 농담은 두 사람이 듣기에 시시하기
        짝이 없을 텐데요. 그래도 좋다면 계속
        비웃으시죠.

안토니오 이거 한 방 먹었는걸!

세바스찬 어찌나 센지 하마터면 넘어질 뻔했소.

곤잘로   거참 대단한 분들이라니까. 달도 한 달 동안
        제 자리에 있으면 어서 움직이라고 하겠어요.

        (눈에 보이지 않는 에어리얼이 장엄한 음악을
        연주하며 등장)

세바스찬 물론 그럴 거요.
        그러고선 박쥐나 잡으러 다니겠지.

안토니오 이런, 화내지 마시오.

곤잘로   화낼 리가요. 그렇게 쉽게 냉정을 잃진 않아요.
        제가 잠들어 있을 때도 비웃어 주시겠어요?
        너무 졸리거든요.

안토니오 가서 주무시오. 우리가 비웃는 소리를
들으면서요.

(알론조와 세바스찬, 안토니오 빼고 모두 잠든다)

알론조 아니, 다들 이렇게 금방 잠들다니. 나도 저들처럼
눈을 감고 생각을 잠재울 수 있으면 좋겠군.
이런, 내 눈도 감기는데.

세바스찬 억지로 눈을 뜨려 하지 마십시오. 슬플 때는
좀처럼 잠이 오지 않으니까요. 한숨 자고 나면
훨씬 더 기분이 나아질 겁니다.

안토니오 편히 주무시는 동안 저희 두 사람이 보초를 서서
전하의 안전을 지키겠습니다.

알론조 고맙네. 잠이 쏟아지는군.

(알론조가 잠든다. 에어리얼 퇴장)

세바스찬 갑자기 잠들어 버리다니 이상도 하지!

안토니오 날이 좋아서일 거요.

세바스찬 그럼 어째서 우리 눈꺼풀은 왜 무거워지지 않죠?
난 도통 잠이 오지 않는데요.

안토니오 나도 마찬가지예요. 내 정신은 아주 멀쩡하오.
다들 잠들어 버렸군. 약속이나 한 것처럼.
벼락이라도 맞은 듯이 쓰러져 버렸어요.

세바스찬 경, 앞으로 어떻게 될까요?

긴말하지 않겠소. 당신 얼굴만 봐도 알 것
같으니. 앞으로 당신이 어떻게 될지. 당신 앞에
커다란 기회가 있소. 당신 머리 위로 왕관이
떨어지고 있는 게 내 눈앞에 생생히 보인다오.

세바스찬 무슨 말이오? 지금 깨어 있는 거요?

안토니오 내가 한 말 못 들었소?

세바스찬 들었소. 분명 잠결에 한 말이겠지. 지금 잠꼬대를
하는 거요. 방금 한 말이 무슨 뜻이오?
참 이상도 하지. 눈을 크게 뜨고 잠들다니.
당신은 서서 말하고 움직이면서도 깊이 잠들어
있군요.

안토니오 고상하신 세바스찬 경, 당신은 이 행운을 잠들게
하고 있소. 아니, 죽이고 있는 거요. 깨어 있으나
잠든 거와 마찬가지죠.

세바스찬 당신은 분명 코를 골고 있소.
그 속에 많은 의미가 담겨 있지만.

안토니오 전 평소보다 더 진지합니다. 당신도 그래야
하고요. 내 말을 잘 듣고 싶다면요. 내 말대로
하면 당신은 지금보다 세 배는 더 위대해질 거요.

세바스찬 글쎄, 난 흐르지 않는 물과 같아서요.

안토니오 내가 어떻게 흘러가야 하는지 알려드리겠소.

세바스찬 그래 주시오. 난 타고난 게으름뱅이라
치고 빠지는 거나 잘하니까요.

안토니오 아, 내 계획이 얼마나 중요한지 안다면 그런
농담은 할 수 없을 거요! 지금처럼 가볍게 넘기려
하기보다 어떻게든 마음에 품으려 할 텐데.
치고 빠지기나 하는 사람들은 자신의 두려움이나
나약함 때문에 밑바닥에 고여 있기나 할 뿐이라오.

세바스찬 계속해보시오. 그대의 진지한 눈과 상기된 뺨을
보니 중요한 문제라는 건 알겠소. 말을 꺼내기
자체가 상당히 어려운가 보군.

안토니오 그럼 말씀드리죠. 기억력도 나쁘고 땅에 파묻히면
기억에서 사라질 곤잘로가 왕을 거의 설득했어요.
왕자가 살아 있다고요. 워낙 설득을 잘해서
설득하는 게 직업이다시피 한 사람이긴 합니다만.
그래도 왕자가 살아 있다는 건 불가능합니다.
지금 여기서 자는 사람이 헤엄치는 거만큼이나
불가능하죠.

세바스찬 왕자가 물에 빠져 죽지 않았다는 희망은 없죠.

안토니오 '희망은 없죠'라는 말이 당신에겐 큰 희망입니다!
한쪽에 희망이 없다는 건 다른 쪽에 희망이
크다는 뜻이니까요. 야심으로도 넘볼 수 없을
만큼 말이죠. 하지만 그래도 신중하게 따져봐야

하오. 당신도 나처럼 왕자가 물에 빠져 죽었다고
생각하는 게 맞소?

세바스찬 죽었다니까요.

안토니오 그렇다면 말해보시오. 다음으로 나폴리를
물려받을 사람은 누구요?

세바스찬 클라리벨이겠죠.

안토니오 그녀는 튀니스의 왕비 아닙니까. 평생 가도 닿지
못할 만큼 먼 곳에 살고요. 나폴리에서 아무
소식도 듣지 못할 거라오. 태양이라도 소식을
전해주지 않는다면야. 달나라 사람들은 느려서
갓난아이의 턱에 수염이 나서 면도하기 전까지는
갈 수 없을 거요. 공주와 헤어지고 돌아오는 길에
배에 탄 사람 모두를 바다가 삼켰소.
우리처럼 몇 명은 다시 떠올랐고요. 지난 일은
앞으로 올릴 연극의 서막에 불과하다오.
앞으로 어떻게 하느냐가 문제지.

세바스찬 도대체 무슨 말을 하는 거요? 어찌 그런 말을!
형님 딸이 튀니스의 왕비가 맞긴 하죠. 하지만
그녀가 나폴리의 후계자인 것도 사실이잖소.
두 지역 사이에 거리가 멀긴 하지만.

안토니오 그 거리의 모든 틈이 외치는 것 같소.
"클라리벨이 어떻게 우리를 다 밟고 나폴리로
돌아갈 수 있지? 클라리벨은 그냥 튀니스에

있으라고 해. 세바스찬이 눈을 뜨게 하자고."
저들이 빠진 잠이 죽음이라면 그보다 더 나빠질
일도 없죠. 잠들어 있는 왕 말고도 나폴리를
통치할 사람이 얼마든지 있다오. 곤잘로처럼
쓸데없는 말을 주절거릴 신하도 있고요. 나라도
곤잘로처럼 쉬지 않고 재잘댈 수 있소. 당신이
나와 뜻이 같다면 지금 저들이 자고 있는 건
당신이 출세하기에 참으로 좋은 기회요.
내가 무슨 말 하는지 아시겠소?

세바스찬　그런 것 같긴 하오만.

안토니오　그럼 이 행운 앞에서 어찌할 생각이요?

세바스찬　당신이 형 프로스페로를 밀어내고 자리를 차지한
기억이 떠오르는군.

안토니오　맞소. 자, 한번 보시오. 내게 이 옷이 얼마나 잘
어울리는지요. 전에 입던 옷보다 훨씬 더 편하죠.
형의 하인들은 예전엔 다 내 친구들이었지만
이젠 내 하인들이라오.

세바스찬　그래도 양심이 있지, 어떻게…….

안토니오　이런, 세바스찬 경. 양심이 어디 있죠? 양심이
동상 같은 거라면 슬리퍼라도 꺼내 신겠지만.
내 가슴 속엔 양심 같은 건 없소. 나와 밀라노
사이에 스무 개의 양심이 있다고 해도 나를

막아서기 전에 사탕이 되었다가 녹아버릴 거요.
바로 저기 당신 형이 누워 있소. 그는 자신이 누워
있는 흙보다 나을 게 없죠. 지금 모습대로라면
죽은 거나 다름없으니까요. 나의 이 3인치짜리
충성스러운 칼로 영원히 잠재울 수 있단 말이오.
당신도 나처럼 저 늙은 신하, 신중한 양반을
영원히 잠들게 할 수 있고요. 저 자가 우리의
계획에 방해가 되지 않도록. 다른 사람들은
고양이가 우유를 핥듯이 순순히 우리의 제안을
받아들일 거요. 시간만 잘 맞춘다면 어떤 일이든
선뜻 우리를 도울 거라오.

세바스찬 친구여, 당신이라면 내가 얼마든지 그 뒤를
이을 만하군. 당신이 밀라노를 가졌듯 나도
나폴리를 차지하겠소. 어서 칼을 뽑읍시다.
한 번만 휘두르면 당신이 바치는 공물에서
자유로워질 수 있어요. 왕이 되면 난 당신을
총애할 것이오.

안토니오 함께 칼을 뽑읍시다. 내가 손을 쳐들면 당신도
나처럼 곤잘로를 내리치는 겁니다.

세바스찬 아, 한 마디만 더!

(멀찌감치 떨어져서 이야기한다)
(보이지 않는 모습으로 에어리얼 다시 등장)

에어리얼 나의 주인님이 마술로 친구분인 당신이 처한
위험을 미리 아시고 날 여기 보냈어요. 여러분의
목숨을 구하지 않으면 주인님의 계획을
망칠 테니까요.

　　　　　　　(곤잘로의 귀에 대고 노래한다)
여기 누워 코를 고는 동안 눈을 뜬 음모가 기회를
붙잡아요. 목숨이 아깝거든 얼른 일어나서
정신 차리세요. 일어나요, 어서 잠을 깨요.

안토니오 얼른 해치웁시다.

곤잘로 (잠에서 깨어나며) 선한 천사들이여,
왕을 지켜주소서!

(다른 사람들도 깨어난다)

알론조 아니, 무슨 일이지? 다들 일어난 거요?
자네들은 왜 칼을 뽑아 들고 있지?
그 넋 나간 표정은 또 뭐고?

곤잘로 무슨 일입니까?

세바스찬 전하께서 쉬는 동안 보초를 서려고 여기 서
있는데 황소, 아니, 사자 같은 짐승이 울부짖는
소리가 들렸습니다. 조금 전까지요. 그 소리
때문에 깨신 거 아닙니까? 제 귀에는 아주
무시무시하게 들렸는데요.

알론조	아무 소리도 못 들었네.
안토니오	괴물의 귀도 번쩍 뜨이게 할 소리였습니다.
	땅이 흔들리게 하고요! 틀림없이 사자 떼가
	으르렁거리는 소리였어요.
알론조	자네도 소리를 들었나, 곤잘로?
곤잘로	전 낮게 웅얼거리는 소리를 들었습니다.
	아주 이상한 소리여서 그 소리에 깼습니다.
	제가 폐하를 흔들어 깨우며 외쳤죠. 눈을 떠보니
	저들이 칼을 겨누고 있었어요. 소리가 나긴 했죠.
	그건 맞습니다. 저희가 직접 보초를 서는 게
	좋겠습니다. 아니면 아예 자리를 뜨던가요.
	우리도 칼을 뽑읍시다.
알론조	여길 뜨도록 하세. 앞장서게.
	가엾은 우리 아들이나 더 찾아보자고.
곤잘로	신께서 왕자님을 저 짐승들에게서 보호하시기를!
	왕자님은 분명 이 섬에 계실 테니까요.
알론조	앞장서게.
에어리얼	주인님께서 내가 얼마나 중요한 일을 했는지
	아셔야 할 텐데. 그러면 임금님, 무사히 떠나셔서
	아드님을 찾아보세요.

(모두 퇴장)

/

2장

/

섬의 다른 곳

(캘리번이 나무 한 더미를 짊어지고 등장)

(천둥소리가 들린다)

캘리번 웅덩이와 늪지, 낮은 땅에서 태양이 빨아들인
모든 독소가 프로스페로에게 떨어져 그를 병들게
하길! 그의 요정들이 내 말을 듣겠지만 난
저주를 꼭 해야겠어. 그것들도 프로스페로의
명령 없이는 날 꼬집거나 도깨비장난으로 놀라게
하거나 수렁에 빠뜨리거나 어둠 속 횃불이 되어
이리저리 날 끌고 다니진 않을 테니까. 하지만
시시한 장난은 곧잘 한단 말이야. 가끔은
히죽거리며 내 약을 올리다가 원숭이처럼 날
물어버리지. 고슴도치로 변해 내가 맨발로 가는
길에 드러누워 발을 상처투성이로 만들기도 하고.

살무사 뱀이 되어 날 칭칭 감기도 하지.
갈라진 혀로 쉭쉭거리는 소리를 내면 미쳐버릴
것 같다니까!

(트린큘로 등장)

하, 저기 봐라! 요정 하나가 오는군. 나무를
천천히 가져온다고 날 들볶으려는 게지.
납작 엎드려야겠어. 날 보지 못하게.

트린큘로 여긴 덤불도 수풀도 없구나. 궂은 날씨를 피할
데라곤 하나도 없어. 또다시 태풍이 들끓고 있군.
바람 속에서 태풍의 노래가 들려. 저기 아까와
똑같은 검은 구름이, 커다란 구름이 있어.
험상궂은 술 주전자처럼 생겼군. 금방이라도
술을 퍼부을 것 같네. 전처럼 천둥이 내리친다면
어디에 머리를 숨겨야 할지 모르겠어.
저기 저 구름이 비를 한 바가지는 퍼부을 텐데.
이건 뭐지? 사람인가 아니면 물고기?
죽은 거야 산 거야? 물고기로군. 물고기 냄새가
나거든. 아주 오래된 물고기 냄새가 나.
갓 잡은 생선이 아니라 괴상한 물고기인데!
예전처럼 지금 영국에 있다면 저걸 시장에
내다 팔 텐데. 구경 나온 멍청이들이 사지 않고는
못 배길걸. 그럼 저 괴물로 떼돈을 벌 수 있잖아.

영국에서는 아무리 괴상한 괴물로도 돈을
벌 수 있지. 절름발이 거지를 돕는 덴 한 푼도
안 내면서 죽은 인디언을 보려고 10달러는
선뜻 꺼내니까. 이 다리는 꼭 사람 다리 같이
생겼는데! 지느러미는 팔 같고!
이런, 따뜻하잖아! 내 생각을 바꿔야 할 것
같은데. 더 이상 고집부릴 수가 없어.
저건 물고기가 아니야. 이 섬에 사는 사람이지.
조금 전 벼락을 맞은 게야. (천둥소리) 이런, 다시
태풍이 오네! 이 자의 외투 아래 숨는 게 제일
좋겠어. 근처에 다른 숨을 데가 없으니까. 불행이
닥치니 낯선 잠자리 동료와 함께하게 되는군.
폭풍이 걷힐 때까지 여기 있어야지.

(스테파노, 손에 술병을 들고 노래를 부르며 등장)

스테파노   더 이상은 바다에 가지 않겠어, 바다에.
여기 해안가에서 죽고 말지.
이건 장례식에서 부르기엔 너무 무식한 노래군.
하지만 여기 내 위안이 있지.

                  (술을 마시고 노래한다)
선장과 청소꾼, 갑판장과 나, 총잡이와 그의
조수는 멜, 메그, 마리안, 마저리를 사랑했네.

하지만 아무도 케이트에겐 관심이 없었지.
케이트는 워낙 말을 험하게 하니까. 선원에게
이렇게 소리쳤지. 나가 뒈져라. 그녀는 타르도
송진도 좋아하지 않아. 하지만 양복쟁이가
가려운 곳을 긁어주겠지. 그럼 다들 바다로 가세!
케이트나 뒈져 버리라 하고.
이것도 무식한 노랜데. 그래도 위안은 있으니까.

(술을 마신다)

캘리번 날 괴롭히지 말아요! 아!

스테파노 무슨 일이지? 여기 악마라도 있나? 야만인과
인디언으로 내게 무슨 수작이라도 부리는 거야?
물에 빠지는 것도 두렵지 않았는데 너 같은 놈의
네 다리가 무섭겠어? 이런 말이 있지. 네 다리가
멀쩡한 사람은 물러서는 법이 없다고. 이런 말도
생기겠군. 스테파노는 살아 숨 쉬는 한 물러서지
않는다.

캘리번 요정이 날 못살게 하는구나! 아!

스테파노 이건 이 섬의 네 발 달린 괴물인가 본데 학질에
걸린 것 같아. 저 괴물이 어쩌다 우리말을
배운 거지? 우리말을 할 줄 아니까 약이라도
발라줘야겠어. 몸을 낮게 하고 잘 길들여서

나폴리로 데려가면 쇠가죽 신발을 신는
황제들에게 바칠 선물이 되겠지.

캘리번 제발 날 못살게 굴지 마. 집에 나무를 더 빨리
가져갈 테니까.

스테파노 발작이 도진 것 같은데. 헛소리를 하잖아. 술을
먹여야겠는걸. 술을 마셔본 적이 없다면 발작이
낫는 데 도움이 될 거야. 저 자를 낫게 해서
길들이면 한 몫 챙길 수 있겠어. 사고 싶은
사람이 있다면 제값을 받고 넘겨야지.

캘리번 아직까진 날 별로 괴롭히지 않았지만
곧 시작하겠지. 떠는 걸 보니 알겠어.
프로스페로가 마법을 걸고 있는 거야.

스테파노 이리 와서 입을 벌려 봐. 이걸 마시면 말을 하게
될 거다. 입을 벌리라고. 이걸 먹으면 흔들림이
멈출 거야. 틀림없다고. 그것도 제대로. 나 같은
친구도 없을 거야. 다시 입 좀 벌려 보라고!

트린큘로 저 목소리 알 것 같은데. 이 목소리는……
하지만 그는 물에 빠져 죽었는걸.
그럼 저 자들은 괴물이군. 부디 절 지켜주소서!

스테파노 네 개의 다리에 두 개의 목소리라. 무척 신기한
괴물이군. 앞에서 들린 목소리는 친구를 좋게
말하는데. 뒤에서 나는 목소리는 욕하고

헐뜯기만 하는군. 내 술병의 모든 술이 저 자를
낫게 하면 그의 학질이 낫도록 돕는 거겠지.

이리 와. 아멘! 네 다른 입에도 이걸 좀 붓겠다.

트린큘로   스테파노다!

스테파노   너의 다른 입이 나를 부른 건가? 이런, 세상에!
이건 악마야. 괴물이 아니라. 여길 떠나야겠어.
나는 악마와 상대가 되지 않으니 얼른 도망가야지.

트린큘로   스테파노! 그대가 스테파노라면 날 만지고 내게
말을 해주게. 나는 트린큘로야. 무서워하지 마.
자네의 좋은 친구 트린큘로라고.

스테파노   자네가 트린큘로라면 이리 나와 보게.
내가 더 작은 다리들을 잡아당기겠네.
이 중에 트린큘로의 다리가 있다면 아마
이것들이겠지. 트린큘로 맞는군!
어쩌다 이런 얼간이에게 붙잡힌 거지?
저 자가 트린큘로를 뱉어낼 수 있나?

트린큘로   나는 그가 벼락에 맞아 죽은 줄 알았는데.
그런데 자넨 물에 빠져 죽지 않았나, 스테파노?
물론 자네가 그러지 않았길 바라지만.
태풍은 벌써 그친 건가? 난 태풍을 피하려고
죽은 괴물의 외투 아래 숨어 있었다네.
그런데 자넨 살아 있는 거야, 스테파노?

아, 스테파노! 두 명의 나폴리 사람이
살아남았군!

스테파노 제발 날 빙빙 돌리지 말게. 속이 울렁거린다고.

캘리번 (방백) 이들이 요정이 아니라면 대단한
사람들인가 봐. 한 명은 용감한 신인데다
천상의 술까지 갖고 있잖아. 저 자에게 무릎을
꿇어야겠다.

스테파노 어떻게 도망친 거지? 또 어쩌다 여기 오게
된 거고? 자, 이 술병에 걸고 솔직히 말해보게.
이 술병에 걸고 말하는데 나는 술통을 타고
탈출했다네. 선원들이 술통을 밖으로 내던졌거든.
술병은 땅에 올라와서 나무껍질로 직접 만든 거고.

캘리번 술병에 맹세컨대 저는 당신의 진정한 신하가
되겠습니다. 이 술은 지상의 것이 아니니까요.

스테파노 자, 맹세하게. 자네가 어떻게 빠져나왔는지
말해보게.

트린큘로 오리처럼 헤엄쳐 왔지. 난 오리처럼 헤엄칠 수
있어. 맹세하네.

스테파노 그럼 이 책에 입을 맞추게. 자넨 오리처럼
헤엄친다지만 생김새는 꼭 거위 같은걸.

트린큘로 아, 스테파노, 술 더 없나?

스테파노 한 통 가득 있네, 친구. 나의 저장고는 바다 옆

바위에 있지. 거기 내 포도주를 숨겨뒀다네.

이봐, 얼간이. 학질은 좀 어떠냐?

캘리번 당신은 하늘에서 내려오신 게 아닙니까?

스테파노 달에서 왔지. 정말이야. 난 한때 달에서 살았어.

캘리번 달에서 당신을 본 적이 있습니다. 그리고 주인님을 흠모합니다. 제 여신님이 저에게 당신과 당신 개, 그리고 숲을 보여주었죠.

스테파노 이봐, 맹세하라니까. 이 책에 입을 맞춰. 내 곧 여기에 새로 술을 붓지. 그러니까 맹세해!

트린쿨로 밝은 데서 보니 아주 못생긴 괴물이로군! 저런 놈을 두려워하다니! 아주 나약해 보이는 괴물인데! 달에서 온 사람이라니. 불쌍한 데다 속이기 쉬운 괴물이야! 보기 좋게 취했군, 저 괴물이.

캘리번 이 섬의 모든 비옥한 땅을 보여드리죠. 그리고 당신 발에 입 맞출 겁니다. 제발 저의 신이 되어주세요.

트린쿨로 햇빛 아래 보니 교활한데다 술까지 취한 괴물인걸! 자기의 신이 잠들면 그의 술병을 빼앗아가겠지.

캘리번 당신 발에 입 맞추겠습니다. 당신의 신하가 되겠다고 맹세합니다.

스테파노 그럼 이리 와. 무릎 꿇고 맹세해.

트린큘로 머리가 강아지같이 생긴 괴물을 보니 아주 배꼽
빠지겠네. 정말 볼썽사나운 괴물이야!
저놈을 한 대 치고 싶은데…….

스테파노 이리 와, 입을 맞추게.

트린큘로 게다가 저 불쌍한 괴물은 술까지 취했어.
밉살맞은 괴물 같으니!

캘리번 가장 좋은 샘물로 안내해 드리죠. 딸기도
따 드리고요. 물고기를 잡아드리고 나무도
충분히 가져오겠습니다. 제가 모시던 폭군에겐
전염병이나 생기라죠! 더 이상 그에게 나무
한 토막 갖다주지 않겠어요. 당신을 따를 겁니다.
당신은 아주 멋진 분이세요.

트린큘로 진짜 한심한 괴물이야. 저 술주정뱅이를 보고
멋지다고 하다니!

캘리번 당신을 능금이 있는 곳으로 모셔가게 해주세요.
긴 손톱으로 당신께 호두를 따 드릴게요. 어치
둥지도 보여드리고 재빠른 원숭이 잡는 방법도
가르쳐 드리죠. 개암나무 숲도 모셔다드리고
바위에서 새끼 갈매기도 잡아드릴 거예요.
함께 가시겠어요?

스테파노 얼른 앞장서라고. 더 이상 말하지 말고. 트린큘로,

왕과 다른 사람들 전부 물에 빠져 죽었으니

우리가 여길 차지하세. 이 섬을. 술병을 받게.

내 친구 스테파노, 우린 곧 술병을 가득가득

채우게 될 거야.

캘리번   (술에 취해 노래한다) 안녕, 주인님 안녕, 안녕히!

트린큘로   아우성치는 괴물. 술 취한 괴물이라니!

캘리번   더 이상 생선을 잡지 않겠어. 시킬 때마다 땔감을

해다 나르지도 않을 거고. 나무쟁반을 닦지도,

그릇을 씻지도 않을 테야. 번, 번 캘리번에게

새 주인이 생겼다네. 새 사람을 얻었어. 자유다,

만세! 만세, 자유! 자유라고! 만세, 자유!

스테파노   자, 용감한 괴물이여! 앞장서게.

(퇴장)

/

제3막

/

/

1장

/

프로스페로의 오두막 앞

(퍼디넌드가 통나무를 메고 등장)

퍼디넌드　어떤 일은 힘들지만 재밌어서 힘든 줄 모르고
할 수 있지. 천한 일을 마다하지 않는 값진 거고,
하찮은 심부름으로도 큰 결실을 얻을 수 있지.
내가 하는 이 하찮은 일은 힘들고 끔찍해.
하지만 내가 모시는 여주인은 죽은 것을 살리고
내 힘든 일도 기쁨으로 바꾸지.
아, 그녀는 심술궂은 제 아버지보다 열 배는 더
친절해. 아버지는 괴팍함 그 자체야.
그자의 엄한 명령에 따라 나는 이 통나무를
몇천 개는 나르고 쌓아야 하지.
다정한 내 여주인은 내가 일하는 걸 보면서
눈물을 글썽이며 말하더군. 나 같은 사람이

이런 천한 일을 한 적은 지금까지 없었을 거라고.
이런, 얼른 일을 해야지. 하지만 달콤한 생각을
하면 일하면서도 힘이 나니까. 아무리 바쁘게
일할 때라도.

(미란다 등장. 멀리서 눈에 띄지 않게 프로스페로
등장)

미란다 저런, 제발 부탁이에요. 그렇게 열심히 일하지
마세요. 번개가 통나무를 모조리 불태워 당신이
더 이상 나무를 쌓지 못하게 하면 좋을 텐데요.
부탁이니 내려놓고 쉬세요. 통나무는 탈 때
당신을 힘들게 한 게 속상해 눈물을 흘리겠지요.
아버지는 서재에서 열심히 공부하고 계세요.
그러니 좀 쉬세요. 세 시간 동안은 안 오실
거랍니다.

퍼디넌드 아, 눈부신 여인이여, 해가 지기 전에 지금 하는
일을 마쳐야 한답니다.

미란다 당신이 앉아 쉬시면 제가 나무를 가져다 놓을게요.
부탁이니 저한테 주세요. 제가 통나무 더미에
옮겨다 놓을게요.

퍼디넌드 사랑스러운 여인이여, 그럴 순 없어요. 차라리
내 근육이 찢어지고 등이 부러지는 게 낫습니다.

내가 앉아서 게으름 피우는 동안 당신이 이 천한
일을 해야 한다면요.

미란다 당신이 하는 일이라면 저도 할 수 있어요. 그리고
훨씬 더 쉽게 할 수 있어요. 전 하고 싶어서 하는
거니까요. 하지만 당신은 억지로 하는 거잖아요.

프로스페로 가엾은 것, 푹 빠졌군! 여길 찾아온 것만 봐도
알겠어.

미란다 지쳐 보이시네요.

퍼디넌드 고귀하신 여인이여, 아닙니다. 당신과 함께라면
밤도 상쾌한 아침 같아요. 그런데 부탁이 있어요.
기도할 때 부르고 싶어서 그러는데 당신의 이름이
뭔가요?

미란다 미란다에요. 아, 아버지, 말하지 말라는 명령을
여겼네요!

퍼디넌드 놀라움을 자아내는 미란다여! 당신은 정말
놀라운 여인이에요! 또한 세상에서 가장 귀한
가치가 있는 사람이죠. 지금까지 수많은 여인들을
봐 왔고 그들의 부드러운 목소리가 내 귀에
사랑을 속삭인 적도 많았어요. 이런저런 매력을
갖춘 여인들을 여럿 좋아하기도 했답니다. 하지만
완벽한 사람은 없었고, 다들 단점 때문에 자신의
가장 뛰어난 매력을 망치고 있었죠. 하지만 당신,

아, 당신은 결점이라곤 없이 완벽해요.

그야말로 모든 사람의 장점만 따서 만든 사람

같아요.

미란다 저는 여자라고는 한 명도 몰라요. 어떤 여자의

얼굴도 기억할 수 없고요. 거울에 비친 제 모습

말고요. 좋은 친구인 당신과 사랑하는 아버지

말고는 남자를 본 적도 없답니다. 바다 너머

사람들이 어떻게 생겼는지도 몰라요.

하지만 제 지참금인 소중한 순결에 걸고

맹세컨대 당신 말고는 어떤 사람과도 함께

할 수 없어요. 당신과 닮은 사람을 상상할 수도

없고요. 제가 너무 멋대로 떠든 것 같네요.

아버지의 가르침을 잊어버리고 말았어요.

퍼디넌드 전 왕자입니다, 미란다. 이제는 왕이 된 것

같지만요. 그렇지 않기를 간절히 바라지만!

나무를 베는 일은 파리가 입에 들러붙는

것만큼이나 참기 힘들군요. 진심을 다해

말하는 거요. 당신을 본 순간 제 마음은 당신

곁으로 날아가 당신을 섬기려 했죠. 그곳에

머물며 당신의 노예가 되려 했답니다. 그래서

통나무 나르는 일도 마다하지 않고 있어요.

미란다 절 사랑하시나요?

퍼디넌드	아, 신이시여 부디 제가 하는 말의 증인이
	되어 주소서. 제가 하는 말이 진실이라면 좋은
	결과로 축복하소서. 헛된 말을 한다면 제게
	주어진 모든 행운을 불행으로 바꾸소서.
	저는 이 세상 그 무엇보다 당신을 사랑하고
	아끼고 존경한답니다.
미란다	전 바보네요. 기뻐해야 하는데 눈물을 흘리다니.
프로스페로	더없이 아름다운 두 남녀의 만남이로구나!
	둘 사이에 피어나는 사랑에 하늘이 은총을
	내려주시길!
퍼디넌드	왜 우시는 거죠?
미란다	제가 가진 게 너무 없어서요. 뭐든 드리고 싶은데
	드릴 게 없네요. 당신을 이토록 원하지만 제가
	할 수 있는 일도 없고요. 하지만 이런 건 다
	사소한 거예요. 사랑하는 마음은 감추려 할수록
	더 크게 드러나는 법이죠. 교활하게 속이는 일
	따위는 하지 않겠어요. 있는 그대로 솔직하게
	말할 거예요! 당신이 저와 결혼해주신다면 전
	당신 아내가 되고 싶어요. 그럴 수 없다면 당신
	하녀로 살다 죽겠어요. 친구가 되는 건 거절하실
	수도 있죠. 하지만 좋다고 하든 싫다고 하든
	하녀는 될 수 있겠지요.

퍼디넌드	내 가장 소중한 여인이여. 그대 앞에 이렇게 무릎을 꿇습니다.
미란다	제 남편이 되어주시는 건가요?
퍼디넌드	물론이에요. 노예가 자유를 원하는 것처럼 간절하게. 제 손을 잡아주세요.
미란다	제 손도, 그 안에 담긴 마음도요. 그럼 잠시만 안녕. 30분 후에 다시 만나요.
퍼디넌드	얼마든지요.

(퍼디넌드와 미란다, 각자 퇴장)

프로스페로	내가 저들처럼 기쁠 순 없겠지. 둘 다 지금 들떠서 어쩔 줄 모르니까. 하지만 내게도 이처럼 기쁜 일은 또 없을 거야. 이제 다시 책을 보러 가야지. 저녁 식사 전에 해야 할 일이 많으니까.

(퇴장)

2장

섬의 다른 곳

(캘리번과 스테파노, 트린큘로 등장)

스테파노 말하지 말게. 언제 술통이 빌지. 술이 다
떨어지면 물을 마실 테니까. 그 전엔 한 방울도
안 마셔. 그러니 한 번 지칠 때까지 마셔보자고.
날 위해 건배해. 괴물 노예!

트린큘로 괴물 노예라! 이 섬의 골칫덩어리지! 섬에 사람은
다섯 명뿐이라고 하던데 우리가 그중 셋이야.
나머지 둘도 우리 같은 상태라면 우리와 같다면
이 나라는 망하겠구나.

스테파노 마셔라, 괴물 노예! 내가 명령했으니 마셔.
네 눈은 머릿속에 박혀 있는 것 같구나.

트린큘로 그럼 눈이 머리 말고 다른 데 어디 박혀 있어야
하지? 꼬리에 달려 있다면 꽤 멋졌을 텐데.

스테파노　내 괴물 노예는 술통 속에서 허우적거리고
　　　　　　있다니까. 나는 폭풍우에서도 살아나왔는데
　　　　　　말이지. 100킬로 넘게 헤엄쳐 땅에 올라온
　　　　　　거라고. 괴물, 널 나의 참모나 기수로 삼아야겠다.

트린쿨로　굳이 말한다면 참모지. 기수는 아니야.

스테파노　우린 뛰어가진 않을 거야, 괴물 선생.

트린쿨로　아예 가지도 못할걸. 그냥 개처럼 누워서 아무
　　　　　　말도 못하겠지.

스테파노　멍청아, 네가 쓸모가 있는 멍청이라면 말을 한번
　　　　　　해보라고.

캘리번　　주인님, 기분이 어떠신가요? 제가 신발을 핥게
　　　　　　해주십시오. 저 사람은 믿음직스럽지 않으니
　　　　　　못하니 섬기지 않을래요.

트린쿨로　저런 무식한 괴물이 거짓말까지 하는군. 내가
　　　　　　맘만 먹으면 순사하고도 싸울 수 있어.
　　　　　　이 얼빠진 생선아, 오늘 내가 마신 만큼 술을
　　　　　　많이 마신 사람치고 겁쟁이가 있기는 할까?
　　　　　　반은 물고기고 반은 괴물이라고 거짓말만
　　　　　　할 테냐!

캘리번　　아이고, 내게 이런 모욕을 주다니! 주인님,
　　　　　　저 자를 그대로 놔두실 겁니까?

트린쿨로　주인님이라고? 저렇게 뻔뻔할 수가!

캘리번 아이고, 또 저러네. 부디 저 자를 물어뜯어
죽여주십시오.

스테파노 트린큘로, 말조심하게.
자꾸 허튼소리를 지껄이면 저 옆에 있는 나무에
매달겠어. 가엾은 괴물은 내 하인이니 모욕을
주면 안 되지.

캘리번 감사합니다, 주인님. 조금 전에 하던 부탁을 다시
이야기해도 될까요?

스테파노 그래, 어디 한 번 해봐. 무릎을 꿇고 다시 한 번
말해보라고. 나와 트린큘로는 서서 들을 테니까.

(눈에 보이지 않는 에어리얼 등장)

캘리번 이미 말씀드렸듯이 저의 원래 주인은 폭군이자
마법사의 노예였습니다. 교활하게 절 속여서
섬을 빼앗아갔지요.

에어리얼 거짓말이다.

캘리번 거짓말은 네가 하고 있어. 우스꽝스러운 원숭이
놈아. 나의 용맹하신 주인님이 널 없애 버렸으면
좋겠는데. 난 거짓말 하지 않았어.

스테파노 트린큘로, 한 번 더 이야기를 가로막으면
내 손으로 자네 이를 다 뽑아버리겠어.

트린큘로 난 아무 말 안 했는데.

스테파노   그럼 계속 입 다물고 있어.

　　　　　그래서 어떻게 됐다고?

캘리번　　그는 섬에 마법을 걸었어요. 그리고 저한테서
　　　　　빼앗아갔죠. 위대하신 주인님이 그자에게 복수를
　　　　　해주신다면……. 전 그러실 수 있다는 걸 알아요.
　　　　　하지만 저 자는 도저히 못할 겁니다.

스테파노   그건 틀림없지.

캘리번　　이 섬의 주인이 되시면 당신을 정성껏
　　　　　섬기겠습니다.

스테파노   내가 어떻게 하면 되지? 날 그자에게
　　　　　데려다주겠나?

캘리번　　네, 물론입죠. 주인님. 그자가 잠들어 있는
　　　　　곳으로 안내하겠습니다. 당신은 그의 머리에
　　　　　못을 넣을 수 있을 겁니다.

에어리얼   거짓말이다. 넌 못해.

캘리번　　얼룩무늬 옷을 입은 멍청이 같으니!
　　　　　비겁한 광대 놈! 위대한 주인님께 간청하오니
　　　　　저놈을 한 대 쳐주세요. 그리고 술병을 빼앗아
　　　　　주세요. 저게 없으면 바닷물이나 마셔야
　　　　　할 테니까요. 저는 그에게 신선한 샘물이 어디
　　　　　있는지 가르쳐 주지 않을 겁니다.

스테파노   트린큘로, 방해는 그쯤 해 둬. 한 번 더 저 괴물의 말에 끼어들면 널 가만두지 않겠어.

말린 생선처럼 흠씬 두들겨 패 주지.

트린큘로 아니, 내가 뭘 어쨌다고? 난 아무것도 안 했어.

좀 멀리 떨어져 있어야겠군.

스테파노 네가 괴물이 거짓말한다고 하지 않았어?

에어리얼 거짓말이다.

스테파노 내가 거짓말을 한다고? 한 대 맞아라.

(트린큘로를 때린다) 이런 게 좋다면 다시 한 번

거짓말이라고 해보시지.

트린큘로 난 그런 말 안 했다니까. 술에 취해 정신 못

차리더니 귀까지 먼 거야? 이게 다 저 술병

때문이야. 저 술통을 마구 비워대니 이런 일이

생기지. 저 괴물은 병에나 걸리고 자네 손가락은

악마나 가져가라지!

캘리번 하하하!

스테파노 그다음 얘기를 해봐. 넌 제발 더 멀리 떨어져

서 있고.

캘리번 실컷 패주세요. 좀 있다가 저도 때려야겠어요.

스테파노 더 멀리 떨어져 있으라고. 자, 넌 계속해봐.

캘리번 말씀드렸듯이 그는 오후가 되면 낮잠 드는 습관이

있습니다. 그때 머리를 내리치세요. 우선 책부터

뺏으시고요. 통나무로 머리통을 박살 내거나

막대기로 배를 푹 찌르거나 칼로 목구멍을
자르셔도 됩니다. 책부터 뺏어야 한단 걸
명심하세요. 책 없이는 그도 저처럼 얼간이나
다름없으니까요. 단 한 요정에게도 명령을 내릴
수 없고요. 요정들은 저처럼 뼈에 사무치게 그를
싫어한답니다. 책을 불태우세요. 그에게는 집을
장식할 멋진 가구들이 많아요. 그가 가구라고
하더군요. 또 하나 내세울 건 그에게 아주 예쁜
딸이 있다는 거죠. 그도 딸의 외모가 아주
뛰어나다고 자랑한답니다. 전 엄마와 그녀 말고는
여자를 한 번도 본 적이 없어요. 하지만 그 딸의
얼굴은 시코락스에 비할 바가 아니지요.
정말 최고랍니다.

스테파노 그렇게 예쁘단 말이지?

캘리번 네, 주인님. 주인님께 잘 어울릴 겁니다.
제가 장담하지요. 아주 훌륭한 자손도
낳아줄 거예요.

스테파노 괴물아, 그 남자를 죽여야겠다. 그럼 그의 딸과
난 왕과 왕비가 되겠지. 우릴 축복하소서.
트린큘로와 넌 총독이 될 거야.
내 계획이 마음에 드나, 트린큘로?

트린큘로 멋진데.

스테파노 자네 손을 이리 주게. 아깐 때려서 미안하네.

하지만 앞으로 부디 말조심하게나.

캘리번 지금부터 삼십 분 내에 그는 잠들 겁니다.

그때 그를 처치하겠습니까?

스테파노 그래, 내 명예를 걸고.

에어리얼 이걸 주인님께 말씀드려야겠어.

캘리번 주인님이 절 기쁘게 하시네요. 흥이 넘칩니다.

함께 즐깁시다. 조금 전에 가르쳐 주셨던

돌림 노래를 불러주시겠어요?

스테파노 물론이지, 괴물. 불러주고말고. 트린큘로,

함께 노래하세.

(노래를 부른다)

그들을 놀리고 비웃어라. 그들을 비웃고 놀려라.

생각은 자유니까.

캘리번 이 노래가 아닌데요.

(에어리얼이 작은 북과 피리로 음악을 연주한다)

스테파노 이게 무슨 노래지?

트린큘로 우리가 부르던 돌림노랜데. 누군가 숨어서

연주하고 있군.

스테파노 네가 사람이라면 모습을 보여라.

악마라면 네 맘대로 하고.

트린큘로 오, 저의 죄를 용서하소서!

스테파노 죽은 사람은 빚을 전부 갚은 셈이지. 어디 한번
나와보라고. 아이고, 살려주세요.

캘리번 무서우신가요?

스테파노 아니다, 괴물. 그럴 리가.

캘리번 무서워하지 마세요. 이 섬에는 온갖 잡음과 소리,
달콤한 공기로 넘쳐나죠. 모두 우리를 즐겁게
해줄 뿐 해치려는 게 아니랍니다.
수많은 악기 소리가 쨍그랑거리며 제 귓가에
맴돌곤 한답니다. 가끔은 목소리도요.
오랜 잠에서 깬 후에도 다시 잠들게 만드는
소리죠. 그렇게 잠이 들면 꿈속에서 구름이
걷히고 하늘이 열리며 머리 위로 온갖 보물이
쏟아지는 것 같아요. 잠에서 깨면 얼른 다시 꿈을
꾸고 싶어 애가 탈 정도랍니다.

스테파노 이 섬은 아주 멋진 왕국 같은데. 공짜로 음악을
들을 수 있다니.

캘리번 프로스페로가 무너지고 난 후겠죠.

스테파노 차차 그렇게 되겠지. 네 이야기를 잘 기억해 두마.

트린큘로 소리가 점점 작아지고 있어. 따라가 보자.
그런 다음 우리 일을 해치우는 거야.

스테파노 앞장서라, 괴물. 따라갈 테니까. 작은 북을 치는

사람을 볼 수 있었으면 좋겠군. 북을 멋들어지게도
치는군.

트린큘로 갈 텐가? 나도 따라가지, 스테파노.

(모두 퇴장)

/

3장

/

섬의 또 다른 곳

(알론조와 세바스찬, 안토니오, 곤잘로, 아드리안,
프란체스코 및 다른 사람들 등장)

곤잘로   전하, 맹세코 더 이상은 못 갑니다. 늙은 뼈마디가
시리네요. 정말 미로 같은 길이네요. 쭉 뻗었다가
마구 구불구불하다가 정신이 하나도 없습니다.
죄송하지만 전 쉬어야 하겠습니다.

알론조   자넬 탓할 수도 없군. 나 역시 너무 지쳐서 정신이
멍해진 것 같으니. 앉아서 쉬도록 합시다. 이젠
나도 희망을 접겠소. 더 이상 헛된 꿈은 꾸지
말아야지. 이미 물에 빠져 죽었는데 찾아 헤매고
있다니. 우리가 땅에서 그 애를 찾아다니는 걸
보고 바다가 비웃겠지.

안토니오 (세바스찬에게 방백) 왕이 희망을 저버렸다니
무척 기쁘오. 한 번 실패했다고 우리가 결심한 걸
포기해선 안 돼요.

세바스찬 (안토니오에게 방백) 다음 기회에 제대로
처리하는 거요.

안토니오 (세바스찬에게 방백) 오늘밤 합시다. 저들이
여행으로 지쳐 있으니 기운이 좋을 때처럼
경계하지도 않을 것이고, 그럴 수도 없을 겁니다.

세바스찬 (안토니오에게 방백) 오늘밤이라 했소.
더 말할 것 없소.

(웅장하고 낯선 음악)

알론조 무슨 노래지? 다들 잘 들어보게!

곤잘로 신비롭고 달콤한 곡입니다!

(위쪽에서 프로스페로 눈에 보이지 않는 채 등장.
여러 기이한 형상이 식탁을 들고 나타나 마치 인사를
건네듯 부드러운 동작으로 춤을 춘다.
그리고 왕 일행을 불러 먹으라고 권한 뒤 자리를
뜬다)

알론조 신이시여, 저희를 보호하소서. 이게 다 뭐지?

세바스찬 살아 있는 인형극이군요. 이제 뿔이 달린 말이

있다고 해도 믿겠습니다. 아라비아에 나무
한 그루가 있는데, 그 나무에 불사조가 산다는
말도요. 지금 이 순간 불사조가 그 위에 앉아
있다고 해도 믿겠습니다.

안토니오 저도 둘 다 믿겠습니다. 지금까지 믿지 못했던
이야기도 사실이라고 장담하겠습니다.
여행객들은 결코 거짓말을 하지 않아요.
국내에 있는 바보들은 뭐라 하든지 간에요.

곤잘로 나폴리에 가서 지금 본 걸 그대로 말한다면
사람들이 믿을까요? 이런 섬사람들을 보았다고
하면요. 이 섬에는 분명 사람들이 살고 있는데
모습이 괴상하긴 해도 우리보다 예의범절이 훨씬
더 바르다고요. 우리나라에서는 좀처럼, 아니,
전혀 찾아볼 수 없을 정도로요.

프로스페로 (방백) 정직한 신하여, 바른 말을 하셨군.
여기 있는 몇 사람은 악마보다 더 사악하죠.

알론조 정말 신기하군. 모습과 몸짓, 음악으로만
표현하는 건 처음 보는데. 말을 하지 않고도
그럴듯하게 뜻을 전한단 말이지.

프로스페로 (방백) 다 보고 나서 칭찬하시지.

프란체스코 그러더니 갑자기 사라져버렸네요.

세바스찬 상관없죠. 먹을 걸 놔두고 갔으니까요.

마침 배가 고팠는데 말이죠.

여기 있는 음식 좀 드셔보시겠어요?

알론조 난 안 먹겠소.

곤잘로 괜찮습니다, 전하. 걱정하지 않으셔도 됩니다.
어렸을 때는 황소처럼 목이 늘어지고 목에
살덩이가 매달린 산 사람들이 있다고 해도 누가
믿었습니까? 머리가 가슴에 달린 사람이 있다는
말도 아무도 믿지 않았죠. 이제 우리에게는 돈을
다섯 배로 불릴 수 있는 확실한 증거가 생기는
겁니다. 무사히 돌아가기만 하면요.

알론조 그렇다면 먹도록 하지. 이게 마지막이 될지라도.
상관없소. 어차피 가장 좋을 때는 지나갔다는 걸
알고 있으니. 내 형제, 내 신하이며 공작도
믿고 우리처럼 드시오.

(천둥 번개가 친다. 에어리얼이 날개 달린 요정
하피의 모습으로 등장한다. 에어리얼이 날개로 탁자
를 툭 치자 별안간 차려진 음식이 사라진다)

에어리얼 너희 셋은 죄인이다, 운명이 지하 세계에 너흴
세계에 보냈지. 결코 만족이라곤 모르는 바다가
무인도에 너흴 뱉어내게 한 거야. 너희가 도무지
사람들과 어울려 살 수 없는 놈들이기 때문이지.

내가 너흴 미치게 만들었다. 아무리 굳센 사람
이라도 이성을 잃고 스스로 목을 매달거나 물에
빠지고 싶어 할 만큼.

　　　　(알론조, 세바스찬 등이 칼을 뽑아 든다)

어리석은 것들! 나와 내 친구들은 운명의
심부름꾼들이다. 너희 칼을 무엇으로 만들었든
거센 바람에 상처를 내거나 휘두르면 비웃기나
할 뿐 미동도 없을 물이나 상대하는 게 나을걸.
너흰 내 깃털 장식 하나도 뽑질 못할 거다.
내 동료들도 마찬가지야. 아무도 못 건드리지.
너희가 다치게 하려고 해도 칼이 너무 무거워서
들어 올리지도 못할 거야. 그러나 이건 확실히
알아둬. 그게 너희를 찾아와 할 일이니까.
너희 셋은 밀라노에서 훌륭한 프로스페로를
내쫓았다. 프로스페로와 그의 어린 딸을 바다에
내던졌지. 그래서 바다가 되갚아 주었다.
프로스페로와 그 딸을 살려준 거야.
그토록 추악한 행동에 대한 대가는 늦더라도
반드시 치러야 하는 법. 바다와 땅이 분노하고
모든 생명이 너흴 위협하게 되었어.
알론조, 그대는 아들을 잃었지. 내가 소식을
전하는 바다. 천천히 다가오는 형벌은 지금 당장

죽는 것보다 더 고통스럽지. 앞으로 내딛는 걸음
걸음마다 그 고통을 겪게 될 거다. 분노 앞에
너희를 지키는 길은 이곳 가장 황량한 섬에서
가슴에 사무치는 슬픔을 견디며 바르게 살아가는
길뿐이다. 그렇지 않으면 너희들 머리 위로
분노의 불길이 떨어질 거야.

(그가 천둥 속에 사라진다. 부드러운 음악과 함께
형상들이 다시 등장하여 비웃고 찡그리는 얼굴로
춤을 추며 상을 내간다)

프로스페로 하피 역을 참 잘 소화했다, 에어리얼. 음식을
먹어 치우는 연기도 훌륭했어. 내 지시대로
하나도 빠뜨리지 않고 잘 말했고. 지위가 더 낮은
하인들도 각자 맡은 바를 잘 해냈다. 내 강력한
마법이 효과를 거두어 적들이 광기에 사로잡힌 채
내 손아귀에 들어왔군. 잠시 저대로 놔두고 젊은
퍼디넌드와 그가 사랑하는 내 딸을 보러
가야겠다. 그는 저들이 물에 빠져 죽은 줄만
알지.

(위쪽으로 퇴장)

곤잘로 전하, 왜 그렇게 멍하니 앞만 보고 계십니까?

알론조 아, 참 묘하구나. 이상하기도 하지. 꼭 파도가
입을 벌리고 말하는 것 같단 말이오. 바람도 내게
소리 내어 내 죄를 말하는 것 같고. 천둥은 깊고
무시무시한 풍금 소리로 프로스페로라는 이름을
연주하며 내 죄를 읊어주었소. 그리고 내 아들은
바닷속 진흙에 파묻혔다고 알려주었지.
더 깊은 바다에서 그 애를 찾아 함께 진흙 속에
묻혀야겠소.

세바스찬 악마가 한 번에 하나씩 덤빈다면
끝까지 싸워볼 텐데.

안토니오 내가 돕겠소.

(세바스찬과 안토니오 퇴장)

곤잘로 셋 다 제정신이 아닌데. 저들의 크나큰 죄는 한참
후에야 효과가 나타나는 독 같군. 이제야 저들의
양심을 괴롭히기 시작한 게지. 나보다 걸음이 더
빠른 자네가 얼른 저들을 뒤쫓아 가게. 제정신이
아니라 무슨 짓을 할지 모르니 제발 말려주게나.

아드리안 자, 절 따라오세요.

(모두 퇴장)

/

제4막

/

/

1장

/

프로스페로의 오두막

(프로스페로, 퍼디넌드, 미란다 등장)

프로스페로 내가 자네에게 엄한 벌을 주었지만 이제 보상을
해주지. 이 자리에서 내 인생의 3분의 1이자 내가
살아야 하는 이유인 내 딸을 자네에게 주겠네.
다시 한 번 자네 손에 그 애를 건네는 바네.
지금까지 자네를 괴롭힌 건 전부 자네의 사랑을
시험해본 데 지나지 않아. 자넨 놀랍게도 시험을
전부 통과했지. 하늘 아래 값진 선물을 자네에게
바친다고 맹세하네. 오, 퍼디넌드, 내가 딸아이를
자랑한다고 비웃지 말게. 어떤 칭찬도 그 애
앞에서는 다 모자라고 빛이 바랜다는 걸 자네도
알게 될 걸세.

퍼디넌드 설령 신의 뜻에 거스르는 말씀이라 해도
믿겠습니다.

프로스페로 그렇다면 내 선물로, 자네가 값지게 얻은
보상으로 내 딸을 데려가게. 하지만 제대로
갖추어 성스러운 결혼식을 치르기 전에 저 애의
처녀막을 범하려 한다면 하늘에서 너희의 결혼을
축복하는 달콤한 은총을 내려주지 않을 거다.
대신 공허한 미움과 쓰라린 혐오, 다툼만이 너희
침대를 잡초처럼 무성하게 뒤덮고 둘 다 결혼에
몸서리치게 될 거야. 그러니 조심하게. 결혼의
신이 밝히는 등불이 너희를 비출 때까지.

퍼디넌드 저는 지금처럼 평화로운 날들 속에서 똑똑한
자녀를 두고 오래 살고 싶습니다. 그러니 가장
어두컴컴한 은신처나 매력적인 장소, 악한 본성을
유혹하는 강력한 기회가 있다고 해도 욕망 때문에
명예를 더럽혀 결혼식의 기쁨을 망치는 일은
없을 겁니다. 태양신의 말이 절뚝거리거나 밤이
지하의 쇠사슬에 묶이는 바람에 아침이 더디
오지 않을까 걱정이 되긴 합니다만.

프로스페로 말 잘했다. 그럼 앞아서 저 아이와 이야기를
나누게. 저 아이는 이제 자네 것일세. 이봐,
에어리얼, 내 부지런한 하인, 에어리얼!

(에어리얼 등장)

에어리얼 주인님, 무슨 일이신가요? 제가 여기 왔습니다.

프로스페로 너와 네 아래 수하들이 지난번 임무를 멋지게
해냈더구나. 또 하나의 속임수에 너흴 써야겠다.
가서 무리들을 이 자리에 데려와라. 네게 힘을
줄 테니. 이 자리에. 그들이 빨리 움직이게 해.
젊은 한 쌍의 눈앞에서 내 헛된 마술을 펼쳐볼
테니까. 내가 약속한 거라 저들이 기대하고 있지.

에어리얼 지금요?

프로스페로 그래, 눈 깜짝할 사이에.

에어리얼 "갔다", "오라"고 말씀하시기도 전에요. 두 번
숨을 쉬고 "그래, 그렇게"라고 외치기도 전에요.
다들 얼굴을 찌푸리며 허둥지둥 나타날 겁니다.
절 사랑하시나요, 주인님? 아닌가요?

프로스페로 사랑하다마다. 귀여운 내 에어리얼. 가까이 오지
마라. 내가 부르기 전엔.

에어리얼 네, 잘 알겠습니다.

(퇴장)

프로스페로 자네 말은 진심인 것 같군. 하지만 쾌락에 너무
깊이 빠지게는 말게. 아무리 굳센 맹세라도
사랑의 열기에 비하면 지푸라기에 불과하니까.

좀 더 자제하게. 그렇지 않으면 자네의 맹세와도
작별이라네.

퍼디넌드　명심하겠습니다, 아버님. 제 가슴 속의 희고
차가운 첫눈이 열정을 식혀 주니까요.

프로스페로　좋다. 이제 와라, 나의 에어리얼! 요정들을 여럿
불러라. 한 명만 데려오지 말고. 빨리 나와라!
말은 하지 말고! 보기만 해! 조용히!

(부드러운 음악)

(아이리스 등장)

아이리스　풍요의 여신 세레스여, 그대의 들판에는 기름진
밀과 호밀, 보리, 제비콩과 귀리, 완두콩이
무성하고 잔디 깔린 산에서는 양떼가 풀을 뜯죠.
평평한 초원에는 양떼를 먹일 여물이 가득하고
강둑에는 갈대와 금잔화가 깔려 있어요. 촉촉한
4월이 그대의 명령에 따라 차가운 님프들에게
순결의 왕관을 씌우지요. 금잔화 숲 그늘은
처녀에게 버림받은 구혼자들이 즐겨 찾고
포도밭에는 윗단이 짧은 풀들이 자라며 바다 옆
가장자리 메마르고 험한 땅에서는 상쾌한 공기를
마실 수 있죠. 하늘의 여왕을 모시는 무지개이자
그분의 전령인 저는 당신이 이들을 떠나라고

명합니다. 여왕님과 함께 이 잔디밭에 와서
즐기시지요. 여왕님의 공작이 쏜살같이
날아갑니다. 가까이 와요, 풍요의 여신 세레스,
여왕님을 즐겁게 해 드려요.

(세레스 등장)

세레스   안녕하시죠, 다채로운 빛깔의 전령이여. 그대는
한 번도 제우스의 부인인 주노 여왕님의 말씀을
어긴 적이 없죠. 샛노란 날개로 꽃들 위에
감미로운 물방울과 신선한 물줄기를 뿌려 주고
푸른 활로 우거진 숲과 밋밋한 땅도 축복해주지.
내 자랑스러운 대지에 화려한 스카프를
둘러주고요. 당신의 여왕이 왜 저를 이 풀이 짧은
초원으로 부르셨지요?

아이리스   진정한 사랑의 서약을 축하하기 위해서랍니다.
축복받은 연인에게 한 아름 선물을 주고요.

세레스   말해봐요, 하늘의 활이여, 그댄 알겠지요.
비너스나 그분의 아들이 여왕을 모시고 있나요?
그들이 음모를 꾸며 내 딸을 음침한 저승의
신에게 넘기고 난 후 그녀와 눈먼 아들을
만나거나 하는 수치스러운 일은 하지 않기로
해서요.

아이리스 비너스와 마주칠 걱정은 하지 않아도 돼요.
내가 봤거든요. 비너스는 구름을 가르며 고향
페이포스로 가고 있더라고요. 비둘기가 끄는
수레에 아들과 함께 타고 있었어요. 그들은 저
한 쌍의 젊은 남녀가 사랑의 열정에 푹 빠지게
하는 데 성공한 줄 알았죠. 그런데 저 두 사람이
결혼의 여신이 횃불을 밝힐 때까지 침대에 들지
않겠다고 맹세해 버렸지 뭐예요. 계획에 실패하자
마르스의 열정적인 정부인 비너스는 고향으로
돌아가기로 했죠. 심술궂은 아들은 화살을
부러뜨리고는 더 이상 활을 쏘지 않고,
어린아이처럼 참새들과 어울려 놀겠다고
맹세했답니다.

세레스 지극히 높으신 여왕, 위대하신 주노가 오신다.
걸음걸이만 봐도 알지.

(주노 등장)

주노 내 동생, 풍요로운 대지의 여신은 어떻게 지내고
있지? 나와 함께 가서 젊은 연인을 축복하자꾸나.
그들이 번영을 누리고 자손에게도 명예가 가득하길.
(함께 노래한다)
명예와 부, 화목한 가정이 오래도록 지속되고

점점 더 늘어나길. 매일같이 즐거움이 너희와
함께하길! 주노가 너희에게 축복을 노래한다.

세레스 땅이 더 넓어지고 풍요로워지길. 헛간과 곡물
창고가 절대 비지 않기를. 포도나무에 주렁주렁
포도송이가 열리길! 열매가 가득 달려 식물들이
고개를 숙이길. 봄이 길게 이어져 추수가 끝날
때까지 계속되길! 부족함과 모자람이 그대들을
피해 가길. 세레스가 그대들에게 축복을 내린다.

퍼디넌드 정말 근사한 광경이네요. 음악도 멋지게 잘
어울리고요. 저들을 요정이라고 생각해도 될까요?

프로스페로 그렇다. 내게 지금 떠오르는 생각을 보여주기
위해 요정들을 각자 지내던 곳에서 불러냈지.

퍼디넌드 이곳에서 영원히 살게 해주십시오. 이토록
경이로운 아버지, 아내와 함께 산다면 천국이
따로 없습니다.

(주노와 세레스가 속삭이더니 아이리스에게
심부름을 시킨다)

프로스페로 자, 조용! 주노와 세레스가 심각하게 속삭이는군.
아직 해야 할 일이 있는 게지.
조용히 하고 가만히 있어. 그렇지 않으면
주문이 깨질 테니까.

아이리스 구불구불한 시내의 요정들, 물푸레 왕관을 쓰고
늘 평화로운 표정을 짓는 님프들이여, 잔물결
이는 시내를 떠나 푸른 땅으로 오려무나. 주노
여신의 부르심에 답하라. 그분께서 명령을
내리실 거다. 이리 와라, 순수한 님프들이여,
그리고 진정한 사랑의 서약을 축하하는 일을
도와라. 꾸물거리면 안 돼.

(몇몇 님프들 등장)

8월의 피로에 찌들어 햇볕에 탄 추수꾼들아,
밭은 잠시 놔두고 이리 와서 쉬라. 축제를 즐겨라.
요정들과 어울려 시골 춤을 추어라.

(알맞게 차려입은 몇몇 추수꾼들 등장. 요정들과
어울려 우아한 춤을 춘다. 춤이 끝날 때쯤 갑자기
프로스페로가 놀라더니 입을 열어 말하기 시작한다.
이내 기이하고 공허하며 혼란스러운 소리 속에서
이들이 시무룩하게 사라진다)

프로스페로 (방백) 짐승 같은 캘리번과 그 일당이 내 생명을
해치려 악랄한 음모를 꾀하는 걸 잊었군.
음모를 펼칠 순간이 다가왔구나.
(요정들에게) 수고했다!
사라져! 그만!

퍼디넌드	이상하군요. 당신 아버지가 무척 화가 나셨는데요.
미란다	아버지가 저토록 화가 나고 흥분하시는 건 처음 보네요.
프로스페로	자네 얼굴을 보니 깜짝 놀란 것 같군. 걱정할 거 없다. 잔치는 끝났다. 조금 전에 말한 대로 배우들은 모두 요정들이었다. 지금은 공기에 녹아 사라졌지. 옅은 공기 속으로. 이 장면의 허무맹랑한 바탕, 구름 위로 치솟은 탑이나 화려한 궁전, 웅장한 사원과 커다란 지구 자체도 모두 녹아 없어질 것이다. 공허한 가면극은 저물고, 아무것도 남지 않았지. 우리는 꿈으로 만든 것 같은 존재다. 우리의 하찮은 인생은 잠으로 둘러싸여 있지. 나는 지금 몹시 초조하단다. 내가 이러는 걸 이해해주기 바란다. 내 늙은 머릿속이 혼란스럽기 짝이 없구나. 하지만 너무 신경 쓸 것 없다. 원한다면 내 오두막에 들어가서 좀 쉬고 있으렴. 한두 바퀴 걸으면 소란스러운 마음도 가라앉을 테니까.
퍼디넌드 미란다	평안하시길 바랍니다.

(퇴장)

프로스페로	빨리 와라! 고맙구나, 에어리얼. 이제 나와.

(에어리얼 등장)

에어리얼	전 주인님을 거들 생각뿐이랍니다. 무슨 일이신가요?
프로스페로	요정아, 우리는 캘리번에게 맞설 준비를 해야 한다.
에어리얼	네, 주인님. 세레스 역을 할 때 말씀드려야 한다고 생각했지요. 하지만 주인님이 화내실까 봐 걱정되었어요.
프로스페로	다시 말해봐라. 그 악당들을 어디 두었지?
에어리얼	주인님, 말씀드린 대로 그자들은 술에 취해 얼굴이 붉어졌습니다. 기운이 넘쳐서 얼굴에 살짝 스친다고 공기에 대고 주먹질을 하더군요. 땅이 발바닥에 닿는다고 마구 발을 구르고요. 그러면서도 끊임없이 음모를 꾸미더라고요. 그래서 제가 작은 북을 쳤습니다. 그러자 그자들은 사람을 태워본 적 없는 망아지처럼 귀를 쫑긋 세우고 눈은 치켜뜨고 코를 벌름거리며 냄새를 맡으려 했죠. 제가 귀에 마술을 걸자 그들은 송아지처럼 제 소리를 듣고 따라왔죠. 끝이 뾰족한 찔레 덤불과 날카로운

가시금잔화, 삐죽삐죽한 거미줄 틈바구니를
헤치면서요. 가시들이 그들의 볼품없는 정강이에
쓸렸지요. 마침내 저는 그들을 주인님 오두막
너머 쓰레기로 뒤덮인 웅덩이로 데려갔습니다.
더러운 웅덩이에 턱까지 잠기도록 빠뜨려 놨으니
온몸에서 발가락 냄새보다 지독한 냄새가
날 겁니다.

프로스페로 아주 잘했다, 나의 새. 아직 모습을 보이지 않은
채로 있어라. 그리고 우리 집에 있는 잡동사니를
여기로 가져와. 저 도둑들을 잡는 미끼로 쓸
거니까.

에어리얼 갑니다, 저 가요.

(퇴장)

프로스페로 악마 같은 놈, 어쩔 수 없는 악마라니까. 아무리
가르쳐도 저 본성은 바로잡을 수 없지. 내가 애써
가르침을 베풀고 아꼈지만 죄다 헛수고였어.
하나같이. 나이가 들수록 그의 몸은 추해지고
정신도 병들어가는군. 저들을 지독하게 괴롭혀서
마구 울부짖게 해야지.
(에어리얼이 번쩍거리는 옷을 가득 싣고 다시 등장)
이리 와서 이 줄에 옷을 걸어두어라.

(프로스페로와 에어리얼은 보이지 않는 상태로
그 자리에 머문다)
(캘리번과 스테파노, 트린큘로 모두 흠뻑 젖은 채로
등장)

캘리번   부탁이니 얌전히 좀 걸으세요. 눈먼 두더지가
       발걸음 소리를 들을지 모르니까요. 이제 그의
       오두막 근처에 다 왔다고요.

스테파노 괴물, 요정이 착하다고 하더니만 우리에게 고약한
       장난만 쳤잖아.

트린큘로 괴물, 온몸에서 말 오줌 냄새가 난다. 내 코가
       성을 낼 지경이야.

스테파노 내 코도 마찬가지야. 내 말 듣고 있어, 괴물아?
       자꾸 내 비위를 거스르면 말이지, 잘 들어······.

트린큘로 넌 아주 뼈도 못 추릴 거야.

캘리번   부탁입니다, 주인님. 제게 은총을 계속 베풀어
       주십시오. 조금만 참아주세요. 제가 보상할
       테니까요. 이런 고생을 한 걸 싹 다 잊을 만큼요.
       그러니까 부디 목소리를 낮추세요. 자정도 되지
       않았는데 주변이 무척 고요하네요.

트린큘로 아, 하지만 연못에서 술병을 잃어버린 건.

스테파노 단지 창피하고 모욕적인 일만이 아니야, 괴물,
       엄청난 손해라고.

트린큘로 내가 흠뻑 젖는 것보다 더 중요한 문제라고.

그런데도 넌 자꾸 요정이 착하다고만 하는구나.

스테파노 가서 술병을 찾아야겠어. 귀가 잠길 만큼 물속

깊이 들어가서라도.

캘리번 부탁입니다, 주인님. 조용히 하세요. 저길 좀

보세요. 오두막 입구랍니다. 아무 소리도 내지

말고 들어가셔야 해요. 이번 음모에 성공하기만

하면 이 섬이 영원히 주인님 것이 될 겁니다.

저, 캘리번은 영원히 당신의 신발을 핥을 거고요.

스테파노 자네 손 좀 줘 봐. 끔찍한 생각이 떠오르기

시작했어.

트린큘로 아, 스테파노 임금! 아아! 명예로우신

스테파노 님! 저기 자네를 위한 옷들 좀 보라고!

캘리번 저건 놔둬, 멍청아. 다 쓰레기일 뿐이야.

트린큘로 이봐, 괴물! 우리도 어떤 게 헌 옷인지 정도는

안다고. 스테파노 임금!

스테파노 트린큘로, 가운을 벗게. 그건 내가 입어야겠어.

트린큘로 임금님이 입으셔야죠.

캘리번 물에 빠져 몸이 퉁퉁 불어 터질 멍청아! 저런

쓰레기를 입겠다니 무슨 심보지? 저런 건 놔두고

먼저 죽이는 거부터 하라고. 이러다 그가

깨어나면 우리 머리부터 발끝까지 온몸에 꼬집힌

자국이 생긴단 말이야. 아주 볼썽사나운 꼴이
될걸.

스테파노 조용히 해, 괴물. 이 줄에 걸린 옷은 나를 위한
조끼 아닌가? 어이쿠, 조끼가 줄 아래로 내려갔네.
조끼 머리칼이 다 빠지겠는걸. 대머리 조끼가
되겠어.

트린쿨로 아주 멋진데. 줄과 층을 따라 순서대로
훔치자고요. 임금님이 좋다고 하시면.

스테파노 농담 한 번 그럴듯하군. 상으로 이 옷을 주지.
내가 이 나라의 왕이 되면 멋진 농담에는 꼭
상을 주겠어. '줄과 층을 따라 순서대로 훔치자'
라니 마음에 쏙 든단 말이지. 옷을 한 벌 더
줘야겠어.

트린쿨로 괴물, 이리 와. 손가락에 끈끈이를 발라줄
테니까. 가서 남은 옷을 다 챙겨와.

캘리번 그러지 않을 거예요. 꾸물거릴 때가 아니라고요.
그러다 우리 셋 다 따개비나 이마가 끔찍하게
낮은 원숭이로 변할 거라고요.

스테파노 괴물, 손 좀 이리 내. 그리고 이 옷들을
내 술통이 있는 데까지 가져가. 안 그러면 널
내 왕국에서 내쫓을 거야. 어서 들고 가라니까!

트린쿨로 이것도.

스테파노 아, 그리고 이것도.

(사냥꾼들의 소리가 들린다. 여러 요정들이 개와
사냥개의 모습으로 등장해 그들을 쫓는다.
프로스페로와 에어리얼이 개들을 몰고 있다)

프로스페로 이봐, 마운틴, 물어!
에어리얼 실버, 저기 있다, 실버!
프로스페로 퓨리, 퓨리! 저쪽으로! 타이런트, 저기야! 물어!
물어버려!
    (캘리번과 스테파노, 트린큘로가 쫓겨 나간다)
가서 내 요정들에게 전해. 저놈들에게 경련이
생겨 관절이 뒤틀리게 하라고. 힘줄이 짧아지게
해 늙은이들처럼 쥐가 나게 하고. 사정없이
꼬집어 이 산의 표범이나 고양이보다 더 많은
반점이 생기게 해.
에어리얼 들어보세요. 저들이 울부짖네요!
프로스페로 한바탕 쫓기게 돼야지. 이제 모든 적들이 내 손에
들어왔군. 내가 계획한 일도 모두 곧 끝나겠어.
그럼 너도 자유로워질 테지. 그러니까 조금만
참아. 자, 따라와. 내 심부름을 해줘야겠어.

(퇴장)

/

제5막

/

/

1장

/

(마법의 옷을 입은 프로스페로, 에어리얼 등장)

프로스페로 내 계획도 절정에 이르렀다. 나의 마술이 아직
사라지지 않았구나. 요정들이 내가 시킨 대로
잘하고 있어. 시간도 쏜살같이 잘 흘러가는군.
지금이 몇 시지?

에어리얼 6시입니다. 주인님께서 임무가 끝날 거라고 하신
시간입니다.

프로스페로 그렇게 말했지. 처음 폭풍우를 일으켰을 때.
말해봐라, 요정. 왕과 그 일행은 어떻게 되었지?

에어리얼 주인님께서 명령하신 모습 그대로 함께 갇혀
있습니다. 주인님이 떠나실 때 보신 그대로요.
죄인들 모두 주인님 오두막 앞에서 바람을
막아주는 보리수 숲속에 있답니다. 주인님이

풀어주실 때까지 꼼짝도 안 할 겁니다. 왕과 그 동생, 주인님의 동생 분 이렇게 세 사람 다 얼이 빠진 상태고 다른 사람들은 그들을 애도하며 슬픔과 절망에 빠져 있답니다. 주인님께서 "나이 많고 훌륭한 곤잘로 경"이라고 하신 분은 눈물이 턱수염을 타고 내릴 정도입니다. 꼭 갈대숲에 겨울의 찬 서리가 내린 것 같아요. 주인님의 마법은 무척 강력하게 그들을 사로잡았습니다. 지금 그들을 보신다면 주인님 마음도 풀리실 겁니다.

프로스페로 그럴 것 같나, 요정?

에어리얼 제가 인간이라면 전 그럴 겁니다.

프로스페로 나도 마찬가지다. 공기일 뿐인 너도 저들을 보면 마음이 아픈데 같은 인간이며 저들 못지않게 고통을 느낄 줄 아는 내가 어찌 너만큼 마음이 움직이지 않겠느냐? 저 자들이 저지른 큰 잘못으로 뼈아픈 상처를 받았지만 고귀한 이성으로 분노를 잠재우겠다. 용서가 복수보다 더 가치 있는 행동이니까. 저들이 뉘우친다면 나의 유일한 목적은 더 이상의 피해를 끼치지 않는 걸로 바뀔 거다. 가서 저들을 풀어줘라, 에어리얼. 나는 내 마법을 풀고 저들이 정신을

차리게 할 것이다. 그러면 원래대로 돌아올
테니까.

에어리얼 저 자들을 데려오겠습니다. 주인님.

(퇴장)

프로스페로 언덕과 시내, 잠잠한 호수와 숲의 요정아! 모래에
발자국을 남기지 않고 걸으며 썰물에서 넵튠
신을 좇다 그가 돌아오는 밀물이면 날아오르는
요정, 절반은 허수아비이며 암양이 물어뜯지
못하게 달빛 아래 시큼한 녹색 반지를 만드는
요정, 또 심심풀이로 한밤중에 버섯을 만들고
엄숙한 통금 시간 종을 들으면 기뻐하는 요정아!
비록 그 힘이 약하기는 하지만 나는 너희들
도움으로 한낮의 태양을 어둡게 하고 격렬한
바람을 불러일으켰다. 초록 바다와 푸른 하늘
사이에 격렬한 싸움이 벌어지게도 했고. 사납게
울부짖는 천둥에 번개를 보태어 제우스신의
건장한 떡갈나무를 번갯불로 갈라놓았지. 기반이
튼튼한 곳을 뒤흔들었고 그 옆에 솟아오른
소나무와 삼나무도 뿌리째 뽑아냈다. 무덤은
내 명령을 받고 잠들어 있는 이들을 깨우고
뚜껑을 열어 내 강력한 마술로 밖으로 나가게

했지. 하지만 거친 마법을 이 자리에서 버리겠다.
지금도 그렇게 하듯, 하늘에 음악을 청하여
주문에 걸린 저들이 정신을 차리게 한 다음
지팡이를 부러뜨려 땅속 깊은 곳에 파묻겠다.
그리고 더 깊은 바다에 내 책이 잠기게
할 것이다.

(장엄한 음악)
(에어리얼이 앞서 등장하고 그 뒤로 알론조가 넋이
나간 듯 허우적거리며 곤잘로의 부축을 받아
들어온다. 마찬가지로 안토니오와 세바스찬 역시
아드리안과 프란체스코의 부축을 받아 등장. 모두
마법에 걸린 상태로 프로스페로가 만든 원 안에
들어와 선다. 프로스페로가 이들을 지켜보다 말한다)

불안한 생각에 빠진 자에게 최고의 위안인
엄숙한 음악이 너희의 정신을 치유할 것이다.
지금은 너희 머릿속에서 마구 들끓느라 쓸모없는
상태이지만. 그대들은 거기 그대로 서 있지.
주문에 걸려 꼼짝도 못 하고. 성스러운 곤잘로,
명예로운 자여, 그대가 눈물 흘리는 걸 보니
마음이 아프오. 내 눈에서도 눈물이 떨어지는군.
주문이 재빨리 풀리고 있소. 아침이 밤에

스며들어 어둠을 녹이듯 저들도 정신이 들어
어리석음의 안개가 걷히고 나면 이성을 되찾겠지.
아, 훌륭한 곤잘로, 내 목숨을 구한 자이자
그대가 섬기는 자의 충실한 신하여, 그대의
은혜를 내 말과 행동 모두로 갚을 거요.
알론조, 그대는 무척이나 잔인하게 나와 내 딸을
이용했소. 그대의 동생이 행동을 부추겼고.
세바스찬, 그대는 지금 그 일로 고통받고 있지.
내 친동생인 너는 야심에 눈이 멀어 양심과
인간의 본성까지 저버렸다. 가장 큰 죄책감에
시달리는 세바스찬과 함께 이 자리에서 왕을
죽이려 했지. 네가 인간으로서 못할 짓을 했지만
널 용서하마. 저들도 점점 무슨 상황인지
알아차리기 시작하는군. 곧 다가올 썰물이
이성의 해변을 채우겠지. 아직은 탁하고
혼란스럽지만. 저들 중 아무도 날 보지 못했어.
날 알아보지도 못한다. 에어리얼, 내 오두막에서
모자와 칼을 가져와라. 난 마법의 옷을 벗겠다.
그리고 밀라노에서와 같은 차림으로 나타날
것이다. 서둘러라, 요정아! 넌 곧 자유의 몸이
될 거다.

(에어리얼이 노래를 부르며 그가 옷을 갈아입는 것을
돕는다)

에어리얼 　벌이 꿀을 빠는 곳에서 나도 꿀을 빨아야지.
　　　　　앵초꽃 아래 누울 거야. 올빼미가 울 땐 거기서
　　　　　몸을 웅크려야지. 박쥐 등에 타서 신나게 여름을
　　　　　찾아 날아갈 거야. 즐겁게, 즐겁게 지내야지.
　　　　　나뭇가지에 매달린 꽃송이 아래.

프로스페로 　그래, 귀여운 에어리얼! 보고 싶을 거다. 하지만
　　　　　넌 자유를 얻을 거야. 그래, 그렇게. 보이지 않는
　　　　　모습 그대로 왕의 배까지 가렴. 갑판 아래 잠들어
　　　　　있는 선원들이 보일 거다. 선장과 갑판장은 깨어
　　　　　있으니 이곳으로 데려와라. 지금 당장! 서둘러!

에어리얼 　제 앞의 공기를 마시고 주인님 심장이 두 번 뛰기
　　　　　전에 돌아올 겁니다.

(퇴장)

곤잘로 　괴로움과 어려움, 기적과 놀라움이 모두
　　　　　이 자리에 있구나. 하늘의 힘이 우리를
　　　　　이 무시무시한 섬 밖으로 이끌길!

프로스페로 　(알론조에게) 전하, 절 잘 보십시오. 밀라노에서
　　　　　쫓겨난 공작 프로스페로입니다. 살아 있는 제가

전하 앞에 있다는 걸 확실히 알려드리기 위해
전하를 안아드리죠. 전하와 일행들을 진심으로
환영합니다.

알론조 당신이 정말 프로스페로란 말이요? 또 이상한
마술이 날 괴롭히는 건지 잘 모르겠소.
조금 전까지 그런 것처럼 말이오. 당신 맥박이
살아 있는 사람의 것처럼 뛰고 있군. 당신을 보니
내 괴로움도 가시는 것 같소. 너무 괴로운 나머지
광기에 사로잡히고 말았다오. 이게 꿈이 아니고
현실이라면 아주 이상한 이야기가 될 텐데.
난 당신 공국에서 물러나겠소. 부디 당신이
내 잘못을 용서해주길 바라오. 그런데 어떻게
프로스페로가 살아서 여기 있는 거지?

프로스페로 (곤잘로에게) 존경스러운 친구, 한 번 안아보세.
그대의 진실함은 측정할 수도 없고 그 어떤
한계도 없군.

곤잘로 이게 꿈인지 현실인지 잘 모르겠네요.

프로스페로 그대들은 아직 이 섬의 환상에 취해 있소. 그래서
분명히 사실인데도 믿지 못하는 거요.
모두 환영하오, 친구들!
(세바스찬과 안토니오에게 방백) 하지만 너희
둘은 내가 마음만 먹으면 폐하의 분노를 사게

	하고 그분이 너흴 반역자로 처벌하게 할 수 있지.
	하지만 지금은 그냥 넘어가겠다.
세바스찬	(방백) 저 자 안에 있는 악마가 말하는군.
프로스페로	그렇지 않다. (안토니오에게) 사악한 너를 내
	동생이라 부르자니 내 입을 더럽히는 것 같구나.
	하지만 너의 고약한 잘못을 용서한다.
	모든 잘못을. 내 공국을 돌려주기 바란다.
알론조	그대가 프로스페로가 맞는다면 어떻게
	살아났는지 자세히 설명해보시오. 우리가 어떻게
	여기서 그대를 만나게 된 거요? 우린 세 시간 전
	이 해안가로 오게 됐고, 차마 기억하고 싶지도
	않지만 여기서 내 아들 퍼디넌드를 잃었다오.
프로스페로	그건 저도 유감입니다, 폐하.
알론조	이 슬픔은 무엇으로도 달랠 수 없을 거요.
	인내심의 신이 돕는다고 해도 소용없을 거라오.
프로스페로	제가 보기엔 전하가 아직 도움을 청하지 않은 것
	같습니다. 저도 자비로우신 인내심의 은혜로
	제 아픔을 달래고 있으니까요.
알론조	당신도 나와 같은 아픔을!
프로스페로	저 역시 최근에 아픔을 겪었습니다. 큰 아픔을
	견딜 만할 방법도 없고, 옆에서 절 위로할 사람도
	없었습니다. 저 역시 딸을 잃었답니다.

알론조   딸을? 맙소사, 그 애들이 모두 나폴리에 살고
         있다면 좋으련만! 그곳의 왕과 왕비가 되어!
         그럴 수만 있다면 아들이 누워 있는 저 깊은
         바다에 묻혀도 좋소. 언제 딸을 잃었소?

프로스페로 지난번 폭풍우 때였죠. 오늘 만난 존경스러운
         분들께서는 갑작스러운 만남에 놀라 눈으로 본
         진실을 믿지 못하고 제가 제대로 된 말을 한다고
         생각하지도 않으시는 것 같군요.
         하지만 아무리 정신이 없다고 해도 제가
         프로스페로라는 건 확실히 알아두세요.
         밀라노에서 밀려난 공작 말입니다.
         저는 기묘한 우연으로 이 섬에 와서 주인이
         되었는데, 마침 당신들도 여기로 휩쓸려 왔군요.
         이 이야기는 이쯤 해 두죠. 하루 이틀에 끝날
         이야기도 아니고, 아침 식사 자리에 어울리거나
         오늘처럼 처음 만나서 할 이야기도 아니니까요.
         어쨌든 여러분 모두 환영합니다. 이 오두막이
         제 궁전이랍니다. 시종이 몇 명 있긴 하지만
         밖에 노예는 없습니다. 한번 보시지요.
         제 공국을 돌려주셨으니 저도 그만큼 좋은
         선물로 보상하겠습니다. 기적을 보여드려 공국을
         되찾은 저만큼이나 전하를 기쁘게 해 드리지요.

(여기서 프로스페로는 일행에게 체스를 두는 퍼디넌
드와 미란다의 모습을 보여준다)

미란다 당신, 절 속이는군요.

퍼디넌드 그럴 리가요, 내가 가장 사랑하는 여인이여.
온 세상을 걸고 맹세해요.

미란다 수십 개의 왕국이 걸려 있다면 속이실걸요.
그건 저도 그럴 만하다고 봐요.

알론조 이게 이 섬의 환상이라면 내 귀한 아들을 두 번
잃는 셈이군.

세바스찬 참으로 놀라운 기적이다!

퍼디넌드 바다는 위협적이기도 하지만 자비를 베풀기도
하네요. 아무것도 모르고 바다를 저주했습니다.

(알론조 앞에 무릎을 꿇는다)

알론조 기쁨에 가득 찬 아버지의 모든 축복이 너를
감싸길! 일어나라, 그리고 어떻게 여기 왔는지
말해봐라.

미란다 오, 맙소사! 멋진 인간들이 몇 분이나 오신 거지!
인간이란 정말 아름답구나! 이런 분들이 살다니
얼마나 놀랍고 새로운 세상일까!

프로스페로 너에겐 새로울 테지.

알론조   너와 체스를 두는 이 아가씨는 누구지? 아무리
        오래 알고 지냈다 해도 고작 세 시간일 텐데.
        우리를 헤어지게 했다가 다시 만나게 해준
        여신인가?

퍼디넌드 아버지, 그녀는 우리와 같은 인간입니다. 하지만
        신의 은총으로 제 아내가 되었죠. 제가 아버지께
        말씀드릴 수 없을 때 그녀를 저의 아내로
        선택하게 되었습니다. 아버지께서 세상을
        떠나셨다고 생각했거든요. 그녀는 훌륭하신
        밀라노 공작님의 따님입니다. 공작님이 유명하신
        분이라고는 들었지만 한 번도 뵌 적이 없었죠.
        저는 이분께 두 번째 삶을 얻었습니다.
        아내 덕분에 두 번째 아버지로 모시게 됐고요.

알론조   나도 저 아가씨의 아버지가 되었군.
        하지만 내 아이에게 용서를 구해야 한다니
        일이 묘하게 꼬였구나.

프로스페로 전하, 그쯤 해 두십시오. 고통은 사라졌으니
        더 이상 지난 기억으로 우리를 괴롭히지 맙시다.

곤잘로   저는 속으로 울고 있었습니다. 그래서 아무 말도
        못했지요. 굽어살피십시오, 신들이여,
        이 한 쌍에게 축복의 왕관을 내려주소서.
        우리가 여기로 이끄신 것이 당신들이니까요.

알론조 아멘이라고 덧붙이겠네, 곤잘로.

곤잘로 밀라노에서 쫓겨난 공작의 후손이 나폴리의
왕족이 되다니! 이 놀라운 기쁨을 즐깁시다!
영원히 사라지지 않을 기둥에 금으로
새겨놓읍시다. 한 번의 여행으로 클라리벨은
튀니스에서 남편을 얻고 남동생 퍼디넌드는 길을
잃은 곳에서 아내를 얻었으니. 프로스페로는
초라한 섬에 공국을 세우고, 제정신이 아니었던
우리는 이제 자신을 찾았군요.

알론조 (퍼디넌드와 미란다에게) 손을 이리 주거라.
너희의 행복을 바라지 않는 자들에게는 고통과
슬픔이 따를 것이다.

곤잘로 그렇게 될 것입니다! 아멘!

(에어리얼이 다시 등장)

(선장과 갑판장이 어리둥절한 표정으로 뒤따라온다)
아, 전하, 보십시오, 전하! 우리 일행이 몇 명 더
옵니다! 제가 예언하지 않았습니까? 저놈은
목매달아 죽을 놈이지 물에 빠져 죽지는 않을
거라고요. 어이, 배에서는 욕만 하더니 땅에서는
입이 없나 보지? 그래, 무슨 소식이라도 있나?

갑판장 가장 좋은 소식은 전하와 일행분이 무사하시다는
겁니다. 다음으로 좋은 소식은 세 시간 전만 해도

부서진 줄 알았던 배가 고장 난 구석 하나 없이 튼튼하고 멀쩡하고 멋진 모습을 되찾았다는 겁니다. 처음 바다에 배를 띄웠을 때처럼요.

에어리얼 (프로스페로에게 방백) 주인님, 다 제가 한 일입니다.

프로스페로 (에어리얼에게 방백) 아주 기특한 요정이로구나!

알론조 이건 보통 일이 아니야. 갈수록 더 신기한 일들이 생기니 말이지. 너흰 어떻게 여기 온 거지?

갑판장 그때 깨어 있었다면 더 잘 말씀드릴 텐데요. 저희는 깊이 잠들어 있었습니다. 그러다 어찌 된 일인지 출입구 아래 갇히게 되었지요. 거기서 울부짖고 악쓰는 소리, 아우성치는 소리, 딸깍거리는 열쇠 소리 같이 온갖 끔찍한 소리가 들리는 통에 막 잠에서 깬 참입니다. 깨고 나서 보니 자유의 몸이 되었더라고요. 그리고 어디 하나 손 볼 데 없이 튼튼하고 멀쩡하며 근사한 배를 보게 되었죠. 선장님은 신나서 어쩔 줄 모르셨고요. 그러다 마치 꿈속에서처럼 다른 선원들과 떨어져 이리 끌려오게 된 겁니다.

에어리얼 (프로스페로에게 방백) 제가 일을 잘했지요?

프로스페로 (에어리얼에게 방백) 아주 잘했다. 부지런한 요정. 넌 곧 자유다.

알론조 이보다 더 신기한 미로 속을 걸은 사람도 없겠지.
이건 인간 세상에서 흔히 벌어질 수 있는 일이
아니야. 신의 뜻이 있어야 설명할 수 있을 거다.

프로스페로 전하, 이 이상야릇한 일에 너무 마음 쓰지
마십시오. 좀 더 여유가 생기면 그때 하나하나
말씀드리지요. 그러면 이해가 되실 겁니다.
그때까지는 그냥 즐기시고 모든 걸 좋은 쪽으로만
생각하세요. (에어리얼에게 방백) 이리 와라, 요정.
캘리번과 일당을 풀어주어라. 주문을 풀어라.
(에어리얼 퇴장) 전하, 기분은 어떠십니까?
기억 못하시겠지만 일행 중에서 아직 한두 명
빠진 사람이 있습니다.

(에어리얼이 훔친 옷을 입은 캘리번과 스테파노,
트린큘로를 이끌고 다시 등장)

스테파노 모름지기 사람은 다른 사람을 위해 살아야 하지.
자기 자신만 생각하면 안 돼. 모든 게 그냥
운명일 뿐이야. 자, 기운 내, 이 못생긴 괴물아,
기운 내라고.

트린큘로 내 눈이 제대로 보고 있는 게 맞는다면 정말
황홀한 광경인데.

캘리번 이런, 세상에. 멋진 사람들이 모여 있네.

주인님은 어찌나 말끔하게 차려입으셨는지.

날 혼낼까 무섭군.

세바스찬 하하! 저것들은 뭐죠? 안토니오? 돈으로 살 수
있을까요?

안토니오 그럴 것 같은데요. 한 마리는 생선이라 틀림없이
살 수 있을 겁니다.

프로스페로 저 자들의 옷을 잘 보세요. 그리고 저들이
바른말을 하고 있는지 따져보십시오.

저 볼품없는 악당, 저놈의 엄마는 마녀였어요.

그 힘이 워낙 강해서 달을 제 맘대로 다뤄

밀물과 썰물을 일으킬 정도였습니다.

달의 힘을 빌리지 않고도 달을 움직일 수 있고요.

저들 셋이 제게서 옷을 훔쳐 간 겁니다.

저 반은 악마인 놈은 사생아였는데 다른 둘과

음모를 꾸며 절 죽이려 했죠. 두 사람은 여러분도

잘 아실 겁니다. 여러분 시중을 들었으니까요.

저 못생긴 괴물은 제 하인이 틀림없고요.

캘리번 죽도록 꼬집히겠구나.

알론조 저 사람은 술꾼 주방장 스테파노 아닌가?

세바스찬 아직도 취해 있네요. 어디서 술이 났을까요?

알론조 트린큘로는 술에 취해 제대로 걷지 못하는군.
저렇게 취할 만큼 많은 술이 어디서 난 거지?
넌 어쩌다 이런 꼴이 됐느냐?

트린큘로 계속 이런 꼴이었습니다. 전하를 마지막으로 뵌 후로요. 워낙 술에 찌들어서 쉬파리도 절 피해갈 것 같습니다.

세바스찬 이봐, 자넨 어찌 된 건가, 스테파노!

스테파노 절 건드리지 마십시오. 저는 스테파노가 아니라 경련 덩어리입니다.

프로스페로 넌 이 섬의 왕이 된다고 하지 않았나?

스테파노 그랬다면 꽤나 골치 아픈 왕이 되었을 겁니다.

알론조 (캘리번을 가리키며) 저건 내가 본 것 중 가장 괴상하게 생겼는데.

프로스페로 생김새나 행동거지 모두 괴상망측하죠. 이봐, 내 오두막으로 가. 친구들도 데려가고. 내 용서를 구하려는 모양인데 그렇다면 오두막을 잘 치워 놔.

캘리번 네, 그렇게 합죠. 앞으로는 더 똑똑해져서 은총을 구하겠습니다. 나도 참 한심한 얼간이라니까. 저 멍청한 주정뱅이가 신인 줄 알고 받들어 모시다니!

프로스페로 가라니까, 썩 꺼져!

알론조 그리고 물건은 처음 봤던 곳에 가져다 두어라.

세바스찬 훔친 곳에 두라고 해야겠죠.

(캘리번, 스테파노, 트린큘로 퇴장)

프로스페로 전하, 전하와 일행분을 제 누추한 오두막으로
모시겠습니다. 그곳에서 하룻밤 편히 쉬십시오.
몇 시간 동안은 제가 이야기를 해 드릴 텐데요,
시간이 왜 이리 빨리 가나 아쉬워하실 겁니다.
제가 살아온 이야기, 특히 어떻게 여기 오게
되었는지에 대한 이야기를 자세히 해 드리죠,
아침에 전하의 배로 나폴리까지 모셔다드릴
겁니다. 거기서 사랑스러운 한 쌍이 엄숙하게
결혼식 올리는 걸 보고 싶습니다. 그리고 저는
밀라노로 물러가겠습니다. 거기서 죽을 날이나
기다리며 지낼 겁니다.

알론조 빨리 당신이 살아온 이야기를 듣고 싶소. 물론
깜짝 놀랄 이야기겠지.

프로스페로 전부 해드리겠습니다. 그리고 바다를 잠잠하게
하고 부드러운 바람이 불게 해 빠르게 여행하실
수 있도록 도와드리죠. 저만치 앞서간 왕실
배들을 따라잡으실 수 있도록.
(에어리얼에게 방백) 에어리얼, 귀여운 녀석. 네가
마지막으로 할 일이다. 이 일이 끝나면 넌
자유다. 잘 지내라! 그럼 안으로 들어가실까요?

(퇴장)

/

에필로그

/

프로스페로의 마지막 인사

저는 이제 모든 마술을 다 버렸습니다. 제게 남은 힘은 약하기
짝이 없지요. 그러니 여러분이 저를 여기 가두시거나 나폴리로
보내시거나 하십시오. 하지만 부디 이 섬에서 지내게 하지는
말아 주십시오. 제 공국을 되찾았고 저를 속인 자도
용서했으니까요. 여러분의 박수갈채로 저를 이 족쇄에서
풀어주십시오. 여러분의 부드러운 칭찬으로 제가 평화롭게
여행할 수 있도록 해주세요. 그렇지 않으면 여러분을 즐겁게
해 드리려던 제 계획은 실패한 거니까요. 이제는 요정에게
명령을 내릴 수도, 제 마술로 주문을 걸 수도 없습니다.
그러니 제 마지막은 고통스럽겠지요. 기도로 구원받지 않으면요.
기도만이 자비로우신 하느님을 감동시켜 그분이 모든 잘못을
씻어주시게 할 테죠. 여러분도 잘못을 용서받기를 바라는
것처럼 부디 너그러운 마음으로 절 자유롭게 해주세요.

/
옮긴이의 글
/

《폭풍우(Tempest)》, 셰익스피어의 마지막 인사

《폭풍우》는 윌리엄 셰익스피어가 1610년에서 1611년 사이에
집필한 작품으로, 은퇴 전 마지막 작품이다. 셰익스피어의 4대
비극 혹은 5대 희극에 속하지도 않고 널리 알려진 작품도 아니
지만 《폭풍우》에는 다채로운 읽을거리와 더욱 무르익은 셰익스
피어의 사상을 접할 수 있다는 매력이 있다.

《폭풍우》는 제목처럼 《폭풍우》가 휘몰아치는 장면으로 시작
한다. 갑작스러운 《폭풍우》에 바다에서 배 한 척이 난파당한
다. 배 안에는 나폴리의 왕 알론조와 왕자 퍼디넌드, 밀라노의
공작 안토니오 등이 타고 있었다. 나폴리 사람들은 왕을 비롯
한 수많은 사람들을 잃었다는 슬픔에 잠긴다. 하지만 죽은 줄
만 알았던 뱃속의 사람들은 사실 아무도 죽지 않았다. 이 폭
풍우는 우연히 들이닥친 사고가 아니었기 때문이다. 마법을 부

리는 능력이 뛰어난 프로스페로가 요정 에어리얼을 시켜 일으킨 매우 치밀한 계획의 일부였다.

프로스페로는 누구이며, 도대체 왜 폭풍우를 일으킨 것일까? 그는 왜 하필이면 왕족 일행이 타고 있던 배를 난파시킨 것일까? 왕에게 무슨 원한이라도 있는 것일까? 죽지 않고 살아남은 사람들은 어떻게 될까? 이 작품을 읽다 보면 이와 같은 질문들에 답할 수 있게 된다.

먼저 프로스페로는 밀라노를 지배하던 공작이었다. 하지만 그는 밀라노를 다스리는 일이나 세상 돌아가는 일에 관심이 없었다. 마법의 세계에 푹 빠져 있었고, 오로지 마법에 관련된 책을 읽는 데만 집중했다. 그러는 사이 프로스페로의 동생 안토니오가 형의 자리를 빼앗을 음모를 세운다. 그는 프로스페로와 원수지간이던 나폴리의 왕 알론조의 도움을 받아 형을 밀라노에서 내쫓는다.

프로스페로는 어린 딸 미란다와 한밤중에 바다로 내쫓긴다. 쥐라도 질색하고 달아날 만큼 허름한 배에 탄 프로스페로는 외딴 섬에 도착한다. 이 외딴 섬이 바로 《폭풍우》의 본격적인 무대다. 섬에는 달까지 제멋대로 조종할 수 있다는 무시무시한 마녀 시코락스의 아들인 캘리번이 살고 있다. 그는 반은 물고기에 반은 사람인 흉측한 모습을 한 데다 말을 할 줄도 모른다. 프로스페로는 캘리번을 양자로 삼아 그에게 글을 가르쳤지만 캘리번은 아름다운 딸 미란다를 건드리다가 실패해 프로스페로 부녀의 미움을 산다. 프로스페로는 캘리번을 가두고 그를 노예로 부린다. 억울하다고 생각하는 캘리번은 프로스페로에게 앙심을 품고 복수하기로 마음먹는다. 무인도에는 공기의 요정 에어리얼도 살고 있다. 에어리얼은 시코락스의 시중을 들었지만 시코락스가 시키는 심부름을 제대로 하지 못해 나무 안에 갇히고 말았다. 프로스페로는 에어리얼을 구해주고 에어리얼을 시종으로 삼는다.

어느 날, 프로스페로는 알론조와 안토니오 일행이 탄 배가 그가 살고 있는 섬 근처를 지나간다는 소식을 접한다. 알론조 일행은 튀니스에서 열린 공주 클라리벨의 결혼식에 참석한 후 나폴리로 돌아가는 중이었다. 프로스페로는 소식을 듣고 복수할 절호의 기회라고 생각한다. 그리고 배를 침몰시켜 사람들을 그가 주인으로 지내고 있는 섬에 표류할 계획을 짠다. 프로스페로와 에어리얼, 그리고 다른 요정들은 프로스페로의 계획대로 폭풍우를 일으킨다. 에어리얼은 왕의 배에 올라타 불을 질러 사람들이 바닷속에 뛰어들게 한다.

프로스페로는 에어리얼에게 지시하여 섬에 표류한 사람들을 몇 그룹으로 나누게 한다. 첫 번째 그룹은 알론조와 곤잘로, 안토니오와 세바스찬 등이다. 프로스페로는 자신을 쫓겨낸 음모의 주동자 알론조와 안토니오, 세바스찬에게 복수하기로 한다. 두 번째 그룹은 퍼디넌드다. 프로스페로는 퍼디넌드와 자신의 딸 미란다를 우연인 것처럼 만나게 해 두 사람을 사랑에 빠지게 할 계획을 마련한다. 두 사람을 만나게는 할 수는 있지만 사랑에 빠지게 하는 것은 프로스페로의 능력 밖의 일이었다. 하지만 퍼디넌드와 미란다는 첫눈에 반한다. 마지막 그룹은 우연히 엮이게 된 프로스페로의 또 다른 수하 캘리번과, 왕실 주방장 스테파노, 어릿광대 트린큘로다. 스테파노와 트린큘로는 캘리번의 꼬드김에 넘어가 프로스페로를 죽이고 섬을 차지하겠다는 음모를 꾸미지만 이에 실패한다.

《폭풍우》는 그저 비극이나 희극이라고만은 할 수 없고, 단순히 로맨스라고 보기도 어렵다. 비극과 희극, 로맨스에 가면극까지 결합된 작품이기 때문이다. 친동생에게 배신당하거나 배가 난파되고 아들을 잃는 것 같은 고통스러운 사건들이 발생하는 것을 보면 《폭풍우》에는 분명 비극적인 요소가 있다. 하지만 비극적인 사건들이 후반부로 갈수록 차차 풀리고 해결되기 때문에 이 작품을 비극이라고만은 할 수 없다. 더군다나 이 작품에는 여러 희극적인 요소들이 등장한다. 자신이 다스리던 공국 밀라노에서 쫓겨난 프로스페로, 나폴리의 왕 알론조와 결탁하여 그를 무자비하게 내친 친동생 안토니오가 작품의 무거움을 담당한다면, 공기의 요정 에어리얼과 괴상하게 생긴 야만인 캘리번, 캘리번에게 설득당해 프로스페로를 죽이려는 음모에 동참하는 술꾼 주방장 스테파노와 어릿광대 트린큘로는 이 작품에서 장난기와 익살스러움을 맡고 있다. 충직한 노신하 곤잘로와 알론조의 동생 세바스찬, 안토니오가 주고받는 재치 있는 대화도 배신과 음모의 드라마에 경쾌한 분위기를 조성하는 데 한몫한다.

작품에서 로맨스를 담당하는 사람들은 프로스페로의 딸 미란다와 알론조의 아들 퍼디넌드다. 두 사람은 첫눈에 반해 결혼을 약속한다. 이들의 결혼을 축하하기 위해 프로스페로가 에어리얼을 시켜 준비한 가면극은 작품의 절정 부분에 해당한다. 가면극에서는 제우스의 아내 헤라와 대지의 여신 세레스, 무지개의 여신 아이리스 등이 등장해 젊은 부부를 축복한다.

미란다와 퍼디넌드의 결혼에는 두 연인의 만남 이상의 의미가 있다. 밀라노를 다스리는 프로스페로의 유일한 후계자 미란다와 나폴리의 왕자 퍼디넌드가 맺어짐으로써 밀라노와 나폴리의 결합과 동맹을 상징하는 것이다. "밀라노에서 쫓겨난 공작의 후손이 나폴리의 왕족이 되다니!"(본문 제5막 제1장)라는 곤잘로의 외침은 프로스페로가 오랫동안 치밀하게 준비한 복수극의 궁극적인 목적이 무엇이었는지 알려준다.

복수를 꿈꾸는 프로스페로가 그의 목적을 이루는 과정을 다루었으니 작품의 주제를 "착한 자는 복을 받고 나쁜 자는 벌을 받는다"라고 요약할 수 있을까? 《폭풍우》는 여러 가지 형식이 결합된 다채로운 구성만큼이나 전달하는 메시지도 그리 단순하지만은 않다. 프로스페로는 알론조와 안토니오, 세바스찬이 뉘우치기만 한다면 자신도 복수를 강행하지 않겠다는 뜻을 비친다. '용서가 복수보다 더 가치 있는 행동'(본문 제5막 제

1장)이기 때문이다. 그는 공국을 되찾고 미란다를 퍼디넌드와 결혼시킨다는 목적을 이룬 후에 자신을 외딴 무인도로 내쫓은 안토니오 일행을 용서한다. 애초에 안토니오가 프로스페로의 공작자리를 빼앗을 수 있었던 이유도 프로스페로가 현실에 적응하지 못하고 마법과 환상의 세계에만 빠져서 살았기 때문이다. 선한 자에게도 약점은 있고 악해 보이는 자에게도 그럴 만한 명분이 있을 수 있다. 우리가 살아가는 현실 속에서도 선과 악으로 명백하게 구분할 수 없는 일이 많지 않던가? 무언가를 빼앗으면 그 사람이 무조건 잘못한 것이고, 뺏긴 사람은 억울하게 당한 것이라고만은 할 수 없다. 이렇듯 복합적이고 때로는 선과 악을 판별하기 어려운 지점을 반영함으로써 《폭풍우》는 보다 통찰력 있고 현실적인 이야기로 거듭난다.

작품의 마지막에서 프로스페로는 마술을 버리겠다고 선언하고 관객들에게 박수와 칭찬을 보내달라고 부탁한다. 그의 마지막 대사는 자신의 마술인 극작의 세계에서 은퇴하겠다는 셰익스피어의 선언을 암시하는 상징으로 해석되기도 한다. 독자들이 즐거워하지 않으면 "여러분을 즐겁게 해 드리려던 제 계획은 실패한 거니까요(본문 에필로그)"라고 말하는 프로스페로의 마지막 인사에서 셰익스피어도 이 작품을 통해 독자들에게 하고 싶은 말을 엿볼 수 있다. 셰익스피어 역시 프로스페로처럼 독자들을 즐겁게 하려는 계획을 세웠고, 그 계획에 따라 자신의 작품을 펼쳤으니 독자들에게 마지막 인사를 건네고 싶었던 것이 아니었을까. 프로스페로의 대사를 빌려 집필 활동을 접겠다는 작별 인사를 한 것일지도 모른다. 셰익스피어는 이 작품을 끝으로 은퇴했지만 그는 사실 독자들 곁을 떠나지 않았다. 수많은 걸작을 탄생시킨 셰익스피어라는 극작가는 앞으로도 오랫동안 많은 독자들을 즐겁게 하고 눈물짓게 하는 불멸의 마술사 같은 존재로 남을 것이기 때문이다.

윌리엄 셰익스피어 연보

1564년   영국 스트랫퍼드어폰에이번에서 아버지 존 셰익스피어와 어머니 메리 아든의 셋째이자 장남으로 태어남. 4월 26일 세례를 받음.

1582년   11월 8살 연상 앤 해서웨이와 결혼.

1583년   첫째 딸 수잔나 태어남. 5월 26일 세례를 받음.

1585년   쌍둥이 아들 햄닛과 딸 주디스 태어남. 2월 2일 세례를 받음.

1588-90년 홀로 런던으로 떠남.

1589년   「헨리 6세」 제1부 집필.

1590년   「헨리 6세」 제2부, 제3부 집필.

1592년   「헨리 6세」 제1부 상연. 「리처드 3세」, 시집 『비너스와 아도니스』, 「실수 희극」 집필.

1593년   시집 『비너스와 아도니스』 출간. 「타이터스 앤드로니커스」, 「말괄량이 길들이기」 집필.

1594년	시집 『루크리스의 겁탈』 출간. 「베로나와 두 신사」, 「사랑의 헛수고」, 「존 왕」 집필. 〈궁내 장관 극단〉 창설.
1595년	「리처드 2세」, 「로미오와 줄리엣」, 「한여름 밤의 꿈」 집필.
1596년	아버지 존 셰익스피어가 문장 사용을 허가받아 '신사'로 서명이 가능해짐. 「베니스의 상인」, 「헨리 4세」 제1부 집필.
1597년	〈글로브 극장〉 설립. 「윈저의 즐거운 아낙네들」 집필.
1598년	「헨리 4세」 제2부, 희극 「헛소동」 집필.
1599년	「헨리 5세」, 「줄리어스 시저」, 「뜻대로 하세요」 집필.
1600년	「햄릿」, 「윈저의 즐거운 아낙네」 집필.
1601년	아버지 존 셰익스피어 사망. 「십이야」, 「트로일로스와 크레시다」 집필.
1602년	「끝이 좋으면 다 좋아」 집필.
1603년	〈궁내 장관 극단〉의 명칭이 〈왕의 극단〉으로 변경됨.
1604년	「자에는 자로」, 「오셀로」 집필.
1605년	「리어왕」 집필.
1606년	「맥베스」, 「안토니오와 클레오파트라」 집필.
1607년	어머니 메리 아든 사망. 「코리오레이너스」, 「아테네의 타이먼」, 「페리클레스」 집필.

1609년	「심벌린」 집필. 『소네트집』 출간.
1610년	런던에서 고향 스트랫포드로 돌아옴. 「겨울 이야기」 집필.
1611년	「태풍」 집필.
1612년	존 플레처와 「헨리 8세」 집필.
1613년	존 플레처와 「고결한 두 친척」 집필. 「헨리 8세」 공연 중 화재로 글로브 극장이 소실됨.
1614년	글로브 극장 재개관.
1616년	딸 주디스 결혼. 4월 23일 윌리엄 셰익스피어 사망.
1623년	아내 앤 헤서웨이 사망. 동료 배우 존 헤밍과 헨리 콘델이 36개 극이 수록된 최초의 극전집 『제1 이절 판』 출간.

옮긴이 **신예용**

숙명여자대학교에서 영문학을 전공하고 동대학원에서 문학을 공부했으며, 방송사에서 구성작가로 일했다. 현재 번역에이전시 엔터스코리아에서 번역가로 활동하고 있다.

옮긴 책으로는 『영문과 함께하는 1일 1편 셜록 홈즈 365』, 『가장 잔인한 달』, 『살인자 외(세계 미스터리 걸작선 1)』, 『물의 무게』, 『잃어가는 것들에 대하여』, 『공짜 치즈는 쥐덫에만 있다』, 『더 적게 일하고 더 많이 누리기』, 『하루 10분 책 육아』, 『북유럽 공부법』, 『나우이스트』, 『스킨케어 바이블』, 『탤런트』 등이 있다.

미래와사람 시카고플랜 003

템페스트

초판 인쇄 2022년 09월 16일
초판 발행 2022년 09월 23일

지은이 윌리엄 셰익스피어
옮긴이 신예용
기획 엔터스코리아
펴낸곳 미래와 사람
펴낸이 송주호
편집 권윤주, 김시원
디자인 권희정

등록 제2008-000024호 2008년4월1일
주소 서울시 관악구 신림로 129-1
전화 02)883-0202   팩스 02)883-0208

책값은 뒤표지에 표기되어 있습니다.
ISBN 979-11-6618-431-4 04800
      979-11-6618-418-5 (세트)